Theo von Taane

FUNCRAFT
Aufstand in Germanien

(ein durch Minecraft inspirierter Roman)

KEIN OFFIZIELLES MINECRAFT-PRODUKT. NICHT VON MOJANG GENEHMIGT ODER MIT MOJANG VERBUNDEN.

Bibliografische Information der Deutschen Nationalbibliothek:
Die Deutsche Nationalbibliothek verzeichnet diese Publikation in der Deutschen Nationalbibliografie; detaillierte bibliografische Daten sind im Internet über http://dnb.dnb.de abrufbar.

© 2017 **Theo von Taane** ; 3. Auflage

Cover und Text: © 2017 Theo von Taane

Herstellung und Verlag: BoD – Books on Demand, Norderstedt

ISBN: 9783743196858

Inhaltsverzeichnis   Seite

1. Kapitel - In der Arena

Das schier endlose Beifallklatschen, das fast wahnsinnig erregte Rufen der Tausende, die als Zuschauer die weitgeschweiften Sitzreihen und Logen des Amphitheaters füllten, hatte sich ein wenig gelegt. Nach der hochgesteigerten Erregung trat eine Erschlaffung und Beruhigung ein. In der Arena erschienen von Eseln gezogene Holzkarren, auf welche die Körper der gefallenen Gladiatoren geworfen wurden. Bekränzte Knaben, als Genien[1] gekleidet, hüpften herbei, sammelten die zerbrochenen Waffen, die überall umherlagen, warfen gelben Sand auf die Blutlachen, die am Boden standen, und streuten rote Rosen und gelben Safran über die weite Fläche, auf der sich noch eben die blutigsten Kämpfe abgespielt hatten. Die Menge, deren Neugier wieder gestiegen war, blickte erwartungsvoll zu der goldgeschmückten Loge, deren rot-gelbe Marmorsäulen Gewinde von Rosen und dunkelblättrigem Efeu zierten.

Hier saß, umgeben von den Offizieren seiner Gardetruppen, von hohen Staatsbeamten, den Damen des Hofes und den weißgekleideten Vestalinnen[2] mit weißen Stirnbinden, der Kaiser Hadrian[3] in eifriger Unterhaltung mit einem seiner Generäle. In unmittelbarer Nähe des kaiserlichen Gefolges hatten die Gesandten auswärtiger Staaten Platz genommen. Da sah man Prinzen von den Ufern des Indus[4], deren hohe diamantengeschmückte Kopfbedeckung allgemeines Aufsehen erregte, daneben fielen die hochgewachsenen Afrikaner auf, die in buntgewirkte Gewänder gekleidet

---

[1] Genien: Schutzgeister, die den Menschen auf der rauhen Lebensbahn geleiteten, ihn behüteten und rettend durch Drangsale und Gefahren führten.
[2] Vestalin: Römische Priesterin der Göttin Vesta.
[3] Publius Aelius Hadrianus war der vierzehnte römische Kaiser. Er regierte von 117 bis 138 n.Chr.
[4] Indus: Mit 3180 km der längste Fluss auf dem indischen Subkontinent und wichtigster Strom Pakistans

waren. Ruhig, keine Miene verziehend und die aufgeregte Umgebung aufmerksam musternd, saßen neben ihnen Germanenfürsten vom Niederrhein, von hünenhafter Statur. Auch die in Pelz gekleideten Skythen[5] von den Ufern des Schwarzen Meeres waren als weitere Besucher in der Loge zu erkennen.

Ehrfurchtsvoll sich verbeugend, trat einer der Vorsteher der Spiele vor den Kaiser und reichte ihm das mit roten und goldenen Buchstaben auf Papyrus geschriebene Festprogramm. Der Herrscher warf einen Blick darauf, dann eilten auf seinen Wink Knaben mit duftenden Blumengewinden in lockigem Haar durch die Sitzreihen und verteilten Früchte, Brot mit gebratenem Fleisch belegt, Kuchen und Süßigkeiten unter die Zuschauer. In den Logen der Vornehmen breiteten kaiserliche Diener weiße Tafeltücher über die Marmorbrüstung und bewirteten die Inhaber dieser Plätze im Namen des Kaisers mit gebratenem Geflügel, Eiern, Fischen, sowie Obst und süßem Backwerk. Damit auch erfrischender Trank nicht fehlt, brachten andere Tonkrüge in Schnee gekühlten Weines herbei. Die Zuschauer, die alle eifrig zugriffen, gaben dem freigebigen Herrscher durch laute Zurufe ihren Dank zu erkennen. Dieser greift selbst wacker zu, und mit Vergnügen und einem gewissen Stolz fühlt sich arm und reich als Tischgenosse seines Kaisers und Herrn, der so leutselig über die frohgesinnte Menge hinblickt.

Mittlerweile sind an dem Himmel die Wolken, die ihn während des ersten Teils der Spiele bedeckt hatten, einem heiteren Blau gewichen, und die Sonne des Südens sendet ihre heißen Strahlen nieder, so dass der Aufenthalt in den Sitzreihen, die keine Überdachung haben, lästig zu werden anfängt. Da erblickt man auf dem oberen Kranz der Umfassungsmauer des gewaltigen

---

[5] Skythen: Als Skythen werden einige der Reiternomadenvölker bezeichnet, die die Steppen nördlich des Schwarzen Meeres im heutigen Südrussland und der Ukraine besiedelten.

Baus Matrosen der kaiserlichen Flotte. An hohen Masten, die dort befestigt sind, ziehen sie mittelst langer Taue rotgefärbte Vorhänge über den Zuschauerraum, und nun legt sich ein wohltuender Schatten dahin, wo noch eben die Sonne unbarmherzig hverniedergebrannt hatte.

Bald war die Pause zu Ende, und die Aufmerksamkeit der Menge richtete sich auf die im Boden der Arena sichtbaren Platten von quadratischer Form, die sich jetzt, auf der einen Kante in eisernen Scharnieren sich bewegend, hoben. Aus der Tiefe vernahm man nun deutlich das Gebrüll wilder Tiere, das wie dumpfes Rollen erklang.

Waren es Löwen, Tiger oder Panther, die kämpfen sollten? Hier und da hörte man ärgerlich äußern: „Schon wieder Löwen?" Sie boten kein neues Schauspiel mehr für den verwöhnten Großstädter. Denn Hunderte dieser wilden Bestien, welche die Statthalter in Afrika, Asien und Arabien einfangen ließen, wurden alljährlich in die Hauptstadt gebracht. Hatte doch schon Pompeius[6] 600 Löwen, Augustus[7] 420 Panther bei den Zirkusspielen kämpfen lassen.

Da tauchten aus den Bodenöffnungen schwere eisenbeschlagene Holzkäfige auf. Durch eine sinnreiche Maschinerie werden sie emporgehoben. Von selbst öffnet sich die eine Seite, und heraus treten schwerfällig einher trollende Bären. Man hatte diese Bewohner der nordischen Wälder lange nicht mehr im Zirkus gesehen. Die Unruhen in Spanien und am Rhein, woher die meisten dieser Tiere kamen, machten ausgedehntere Jagdzüge unmöglich, und so war die Einfuhr dieser begehrten Ware sehr eingeschränkt

---

[6] Gnaeus Pompeius Magnus war ein römischer Politiker und Feldherr, bekannt als Gegenspieler Gaius Iulius Caesars.

[7] Augustus war der erste römische Kaiser. Der Großneffe und Haupterbe Gaius Iulius Caesars gewann die Machtkämpfe, die auf dessen Ermordung im Jahr 44 v. Chr. folgten, und war von 31 v. Chr. bis 14 n. Chr. Alleinherrscher des Römischen Reiches.

worden. An fünfzig der braunen Gesellen eilten bald schnuppernd durch die Arena, überall nach einem Ausweg oder nach Nahrung suchend. Ihre Gier war aufs Äußerste erregt, denn zwei Tage lang hatte man sie hungern lassen und die Wut noch dadurch gesteigert, dass man rohes Fleisch vor das Gitter ihrer Käfige warf.

Da erschollen Trompetenstöße. Eine Seitenpforte, durch schwere eisenbeschlagene Holztore geschlossen, wurde geöffnet, und es traten zwanzig als germanische Jäger gekleidete Gestalten heraus. Eichenkränze schmückten ihr Haupt, ein kurzes Pelzwams, das die Arme frei ließ, deckte den Oberkörper, grob linnene[8], nur bis zu den Knien reichende Hosen umschlossen die Beine, die Füße steckten in rohen Lederbundschuhen. Unter dumpfen Hörnerklängen, welche mächtigen gewundenen Trompeten entlockt wurden, rückten die Jäger auf die Tiere los, die sich zähnefletschend und unwillig brummend zur gegenüberliegenden Seite der Arena zurückgezogen hatten. Ein lautes Hallo begrüßte die Schar der Weidmänner.

Das war eine Überraschung für das verwöhnte Publikum. Waren es doch nicht gedungene Gladiatoren oder Sklaven, wie sie fast alltäglich auch in den kleinsten Städten bei ihren Fechtkunststücken zu sehen waren, auch nicht Anhänger jener Christensekte, die schon zu vielen Tausenden im Zirkus für ihren Glauben ihr Leben hatten lassen müssen, auch nicht schwarze oder braune Vertreter afrikanischer Völkerschaften. Nein, Germanen waren es, echte Germanen von den Grenzen des Rheins. Söhne jener Stämme, vor denen einst Rom gezittert hatte, von deren Mut und Stärke die in den nordischen Waldschluchten bleichenden Gebeine der Legionen zeugten. Und fast täglich kam neue beängstigende Nachricht vom Norden her von neuen Überfällen der unruhigen Grenznachbarn, hatte nicht gar mancher Spross des römischen Adels, dessen Vertreter heute den Spielen zuschauten, als Offizier

---

[8] Linnen = Leinen

in den Schwarzwald- oder Taunusbergen für immer Abschied vom Leben nehmen müssen, getroffen vom tödlichen Schlag der germanischen Streitaxt oder eines wuchtigen Schwerthiebs?

Mit Neugierde betrachteten alle die Schar unten in der Arena, die zum großen Teil aus wettergebräunten Männern bestand. Man verglich sie mit den Schilderungen, die Tacitus[9] von ihnen gegeben hatte. Und richtig, da waren die hellen, teils roten Haare, die gewaltige Körpergröße und die wilde Kampfeslust, mit der sie auf die Bestien losstürzten. Es waren Alemannen jenseits des Mains die von der überlegenden Mehrheit römischer Soldaten, während eines germanischen Festes unerwartet überfallen und gefangen genommen wurden. Valerius, der Statthalter der germanischen Provinz, hatte sie dem Kaiser zugleich mit jenen Bären geschickt, auf dass eine fröhliche Bärenhatz nach germanischem Muster dem verwöhnten Großstadtpublikum geboten werden könnte.

Anfangs schien es, als fänden die zum Kampf bestimmten Tiere wenig Gefallen an den auf sie einrückenden Gestalten. Als aber der erste Bär von einem Hieb des Langschwerts getroffen einen Schrei ausstieß, da wandten sich die braunen Bestien, die mit dem geöffneten Rachen und den blutunterlaufenen Augen einen unheimlichen Anblick boten, mit erhobenen Pranken gegen ihre Angreifer. Es gelang zwar einigen von diesen, den einen oder anderen der braunen Gegner durch Stoß oder Hieb mit dem Schwert unschädlich zu machen, aber ihre Zahl war einfach zu groß, als dass ein erfolgreicher Widerstand auf die Dauer möglich gewesen wäre.

Einer nach dem anderen der mutigen Kämpfer stürzte, von einem Hieb der Tatze getroffen oder von den scharfen Zähnen zerfleischt, in den Sand. Je mehr Gefallene den Boden bedeckten, umso lauter jubelte die

---

[9] Publius Cornelius Tacitus war ein bedeutender römischer Historiker und Senator.

Zuschauermenge. Durch Zurufe versuchten sie die wenigen noch tapfer sich wehrenden Kämpfer anzufeuern, andere wetteten auf den graubärtigen Germanen, der mit so viel List und so sicherem Stoß ein Tier nach dem anderen kampfunfähig machte, oder auf den Jüngling, dem eben erst der erste Bart auf der Wange wuchs.

Nur diese beiden Kämpfer waren übrig, und noch sahen sie sich dreien der erbitterten Tiere gegenüber, die, durch Wunden und den Blutgeruch gereizt, durch immer neue Angriffe ihre Gegner zu ermatten suchten. Beide stellten sich Rücken an Rücken, um einen Angriff besser abschlagen zu können. Die Spannung stieg aufs höchste. Der Kaiser, der bisher kaum einen Blick auf das Schauspiel zu seinen Füßen geworfen hatte, da er Meldungen von Offizieren und Gesandten entgegennahm, wurde durch das fast zum Wahnsinn gesteigerte Geschrei der Menge aufmerksam und verfolgte nun den letzten Akt des grauenvollen Dramas mit regem Interesse.

„Gib's ihm! Stoß zu, Jüngling! Halte durch, Alter!" so schallte es wild durcheinander, und gerade bog der Alte, zwar schon ermattet, den Arm zu kräftigem Stoß zurück, als ein zweiter Bär von der Seite her auf ihn lossprang und seinen Ellbogen mit der Pranke niederschlug. Zwar gelang es dem jüngeren Germanen dem zweiten Angreifer sein Schwert in die Seite zu stoßen, so dass er ins Herz getroffen dumpf röchelnd auf der Stelle zusammenbrach. Aber schon hatte das eine Untier den Alten, dessen zerfleischter Arm jeden Widerstand unmöglich machte, zu Boden gerissen und durch kräftigen Biss getötet. In demselben Augenblick, noch ehe das Tier sich aufrichten konnte, versetzte ihm der Germane, der mit

Geistesgegenwart die leicht verwundbare Stelle am Hals des Tieres erspähte, einen Stoß ins Genick, der ihm den Garaus machte.

Wie ein sturmgepeitschtes Meer war die tobende Menge anzuschauen, alles schrie durcheinander, fuchtelte mit den Händen und rief dem Kaiser um

Gnade an für den Jüngling, der das blutbefleckte Schwert in der Rechten, erschöpft an der Arenawand lehnte, blass wie der Marmor, mit dem sie gebildet war. Blutige Tropfen rannen von seiner Wange nieder, Blut träufelte aus seiner Wunde, die er am linken Oberarm empfangen hatte.

Schon wollte der Kaiser, voll Bewunderung für den wackeren Kämpfer, dem Drängen des Volkes nachgeben und den Daumen in die Höhe heben, zum Zeichen, dass er dem jungen Germanen das Leben schenken wolle und dass des Kampfes genug sei. Aber noch einmal wurde aller Aufmerksamkeit auf den Kampfplatz gelenkt, denn eben drang der letzte noch übrige Bär auf den ermattenden Kämpfer ein, dem infolge der Anstrengungen und des Blutverlustes die Kräfte zu versagen schienen. Das Ungetüm richtete sich hoch auf, und auf den Hinterbeinen stehend versuchte es mit den Vordertatzen seinen Gegner in mörderischer Umklammerung zu vernichten. Aber gerade als es mit der ganzen Wucht der Vorderbeine und des Leibes den Jüngling zu Boden reißen wollte, da stieß dieser, beiseite springend, die letzte Kraft zusammen nehmend, dem Tier die breite Klinge ins Herz, dass es zurücktaumelnd und mit den Tatzen wild um sich schlagend zusammenbrach und verendete.

Ein Jubel ohnegleichen erhob sich, zumal der Kaiser selbst eine goldene Spange von seinem Arm löste und sie hinab in die Arena warf, ein kaiserlicher Lohn für die Kühnheit des jungen Helden. Rotröckige Diener erschienen und führten ihn in eins der Seitenzimmer, wo er durch Abwaschung und Verabreichung kräftigenden Weines gestärkt wurde.

Der Kaiser aber rief den Präfekten seiner Prätorianer, der kaiserlichen Garde, herbei und befahl ihm, den todesmutigen Germanen seiner Leibwache einzureihen.

Am andern Morgen wurde der junge Rekrut in der Prätorianerkaserne mit blinkendem Helm und goldgeschmücktem Panzer und all dem Zierrat bekleidet, der den Leibwächtern des Kaisers ein so vornehmes Aussehen gab, und dann in das Fahnenheiligtum geführt, wo er dem eisernen Standbild des Herrschers durch heiligen Eidschwur geloben musste, allezeit unter Einsatz des eigenen Lebens die erhabene Person des Kaisers gegen alle Feinde und Gefahren zu schützen und zu schirmen.

Damit war er eingereiht in die Schar der kaiserlichen Garde. Und wenn er, der hochgewachsene, kräftige Jüngling, in seiner stolzen Haltung und in kriegerischer Ausrüstung durch die Straßen des ewigen Rom dahinschritt, so blieb manches Auge wohlgefällig auf ihm ruhen.

Er selbst versuchte sich möglichst rasch mit der römischen Sprache, in der er sich schon in der Heimat verständlich machen konnte, völlig vertraut zu machen, und als ein halbes Jahr vergangen war, beherrschte er sie ziemlich geläufig. Voll Wissbegierde durchwanderte er auch die Plätze und Bauten der Hauptstadt.

2. Kapitel - Böse Nachrichten

Früher als gewöhnlich hatte sich der Kaiser von seinem Lager erhoben. Ein böser Traum hatte ihm die Stunden ruhigen Schlafes gestört. Vergebens versuchte er, ihn wiederzugewinnen. Den Docht der herrlichen Bronzelampe, die auf hohem Dreifuß neben seinem Lager stand, schob er in die Höhe, dass helleres Licht das Schlafgemach erfüllte, nahm eine der Pergamentrollen, die in silbernem Behälter ihm zur Hand standen, und begann zu lesen.

Da horchte der Kaiser auf. Draußen ertönte der Ruf des Sklaven, der die Zeit zu verkünden hatte: „Die vierte Stunde hat begonnen. Möge sie unserem

Herrn Glück und Heil bringen!" Es war die streng von ihm beobachtete Zeit, das Lager zu verlassen. Ein Druck auf eine silberne Glocke, und der Kammerdiener mit zwei jugendlichen Sklaven erschien, dem Herrscher beim Ankleiden behilflich zu sein. Nachdem er gebadet hatte, nahm er allein das Frühstück ein, das aus Brot, Oliven, Eiern und Milch bestand. Kaltes Fleisch pflegte er nur dann zu speisen, wenn das zweite Frühstück durch Audienzen oder ähnliches hinausgeschoben werden musste. Dann durchschritt er die hohen, mit Marmorstatuen reich geschmückten Säle, in denen er zu empfangen pflegte, und begab sich zu seinem Schreibgemach, wo bereits sein Geheimsekretär Scribonius beschäftigt war, auf glänzend poliertem Citrustisch die Urkunden zu ordnen, die der Unterschrift des Herrschers bedurften. Mit tiefer Verneigung begrüßte er den Herrn und legte ihm die für diesen bestimmten Briefe vor. Der Kaiser nahm den ersten Brief auf, und den Siegelabdruck besehend, sprach er: „Von Cäcilius aus Alexandria, ich erkenne ihn an seinem Siegel: Das Bild der Gerechtigkeit, vom gefährlichsten Betrüger der Gerechtigkeit!"

Er wollte einen zweiten Brief öffnen, als ihm Scribonius ein anderes Schreiben reichte.

„Ein Eilbote hat es vor einer Stunde Frist gebracht. Tag und Nacht ist er, nur die ermatteten Rosse wechselnd, sich selbst nicht Ruhe gönnend, von Mailand geritten. Der Absender des Schreibens ist Valerius." —

„Wenn mein Statthalter Valerius aus Germanien schreibt," sprach der Kaiser, „dann meldet er nur Schlimmes. Vom Guten, das er ausführt, muss man erst von anderen hören." Er brach das Siegel, durchschnitt die Purpurschnüre, fing an zu lesen und je weiter er damit kam, umso mehr verfinsterten sich seine Züge. Er sprang von seinem Sessel auf und stieß ihn mit solcher Wucht zurück, dass eine der Elfenbeinplatten, mit denen die Stuhlfüße belegt waren, absprang. Mit großen Schritten, die Hände auf dem Rücken, durchschritt er das Gemach. Dann befahl er, den früheren Statthalter der germanischen Provinz, Ämilianus, der jetzt zur näheren Umgebung des Kaisers gehörte, zu rufen. Unverzüglich erschien er. Mit den anderen Mitgliedern des Kronrats hatte er bereits im Vorsaal, wie jeden Morgen, auf die Befehle des Kaisers gewartet. Mit einem Kopfnicken begrüßte ihn dieser und reichte ihm dann das Schreiben des Valerius. „Nimm und lies!"

Nachdem er es überflogen hatte, gab er es dem Kaiser mit einer tiefen Verbeugung zurück. „Nimm hier neben mir Platz, Scribonius soll uns die Karte vom Rhein vorlegen, und du wirst mir deine Ansicht sagen. Du bist lange genug in Germaniens Sümpfen gewesen, um klugen Rat geben zu können."

„Das Vertrauen meines Herrn ist mir die höchste Ehre. Gebe Jupiter, dass ich es rechtfertigen kann!" antwortete Ämilianus.

Der kaiserliche Geheimschreiber hatte währenddessen eine Karte welche die Bezeichnung Rheims flumen[10] trug, auseinandergerollt und sie vor dem Kaiser ausgebreitet. Ämilianus aber fuhr fort: „Als ich vor fünfzehn Jahren die germanische Provinz verließ, die ich in deinem Auftrag wohl ein Dezennium[11] verwaltet hatte, herrschte gerade bei den Chatten, die jetzt die Grenze ungestümer als je bedrohen, Ruhe und Friede, während am Neckar unruhige Stämme immer wieder zu kurzen Kriegszügen Veranlassung gaben. Die Kastelle[12], die der an Siegen reiche Domitian[13] von der Mainmündung an in der Ebene zwischen diesem Fluss und den Taunushöhen, sowie in der großen von dem Wetterflüsschen bewässerten Ebene begründet hat, haben sich in dieser Zeit der Ruhe zu kleinen Städtchen entwickelt. Viele gallische, römische und einheimische Kolonisten siedelten sich bei ihnen und ihrer

---

[10] Rheims flumen: Der Rhein
[11] Dezennium: ein Jahrzehnt (10 Jahre)
[12] Kastell: römisches Militärlager / Befestigungsanlage
[13] Domitian: Titus Flavius Domitianus war römischer Kaiser von 81 bis 96 n. Chr

Nähe an. Auf den Heerstraßen herrscht reges Leben: schwerbeladene Ochsengespanne schaffen Salz, Getreide, Öl und Wein über die Grenze. Zahlreiche Händler mit ihren leichten Wagen bringen den Barbaren all den Kleinkram, der unserer Technik verdankt wird. Aus Feindesland kommen täglich Scharen von Germanen, die Felle, Federn und Pelze, Geflügel und Wild gegen römische Ware umtauschen wollen. Wohin das Auge blickt, ist Hecke und Hain gerodet und in fruchtbares Ackerland umgewandelt. So sind die meisten Siedler in wenigen Jahrzehnten zu erfreulicher Wohlhabenheit gelangt. Ihr Wohlstand, ihre gefüllten Scheunen und Ställe könnten bei den Barbaren jenseits der Grenze Begehrlichkeiten nach dem fremden Gut geweckt haben.

Doch das ist nicht das einzige, was die Unzufriedenheit geschürt hat. Den Hauptanlass haben wir selbst gegeben. Du hast mir stets erlaubt, frei zu sprechen, und so verschweige ich dir auch heute nichts. — Es ist unsere Herrschsucht, die in ihrer Brust den Hass geschürt hat, lange genug, dass der Funke endlich zur Flamme werden konnte. Die neuen Befestigungen, die auf deinen Befehl längs der Grenze angelegt werden, erregen bei den nichtunterworfenen Germanen den Verdacht, dass wir beabsichtigen, unsere Grenze weiter hinauszuschieben. Die Furcht vor drohender Knechtschaft vereint sie im Hass gegen uns. Die unter unserer Regierung lebenden Einwohner jener Gegenden haben sich unserer Herrschaft gern gefügt, solange wir sie deren Druck nicht zu hart fühlen ließen. Das hat sich allmählich geändert. Zu stets neuen Abgaben und Steuern werden sie, die wir anfangs schonend behandelten oder behandeln mussten, herangezogen. Unsere Beamten, unsere Offiziere, ja die einfachen Soldaten wie die keltischen Kneipwirte bilden sich ein etwas Besseres zu sein als sie. Nicht nur Stolz und Verachtung wird ihnen überall gezeigt, man kränkt sie, wo es möglich ist, und lästert, was ihnen teuer ist. Ihr Glaube an Wodan[14] und die anderen Götter, die letztendlich denen von uns entsprechen nur in anderen Gestalten, wird lächerlich gemacht, ihre Frauen und Töchter, die ihnen — anders als bei uns! — als etwas Heiliges gelten, werden misshandelt. Und sie dürfen sich nicht auflehnen, weil sie wissen, dass der schwerwuchtende Römerfuß auf ihrem Nacken lastet. Oft genug habe ich in meiner Amtstätigkeit einschreiten müssen gegen ungerechte Richter, die den Kläger abwiesen oder den Unschuldigen für schuldig erklärten, weil er ein Germane war. Von meinen Offizieren gibt es heute noch so mancher der mir gegenüber verärgert ist, weil ich ihn habe fühlen lassen, dass auch der germanische Untertan ein Recht hat, wie ein Angehöriger der römischen Herrschaft behandelt zu werden.

Die Männer, die in Germaniens Wäldern herangewachsen, weisen einen ungezügelten Freiheitsdrang auf. Dass sie sich dabei unserer Herrschaft gefügt haben, ist schon verwunderlich, allerdings muss man bedenken, dass es ja nur aus Zwang, der bitteren Notwendigkeit schuldend geschehen ist. Wie hätten sie von Stamm zu Stamm in innerer Feindschaft lebend, uns dauernden Widerstand leisten können? Sie haben das große Opfer gebracht und sind Glieder unseres Volkes geworden, und ohne Murren haben sie sich würdig gezeigt, ein Teil unseres Weltreichs zu sein. Erst als wir uns ihnen gegenüber unwürdig zeigten, als statt der Gerechtigkeit und Milde Willkür und grausame Strenge auf dem Stuhl des Richters Platz nahmen, da hatte es mit der schwergeprüften Geduld der Germanen ein Ende. Vom Rhein, vom Main, vom Neckar kommt die Kunde, dass die Unterdrückten täglich trotziger das Haupt erheben, vielleicht erfahren wir eines Tages die Trauerbotschaft

---

[14] Wodan ist der Name eines germanischen Gottes

von einer zweiten Varusschen Niederlage[15]. Auf den Schrecken ohne Ende, den wir verbreiteten, folgte das Ende mit Schrecken."

„Das verhüte Zeus und die unsterblichen Götter," rief Hadrian, „dass das Gedenken an meine Herrschaft so befleckt werden könnte! Hier gilt es Wandel zu schaffen, sobald als möglich, und die Flamme zu ersticken, ehe sie zum verzehrenden Brand wird. Zu spät habe ich erfahren, dass deine Nachfolger übel gehaust haben, und Valerius, mein jetziger Statthalter, ist zwar ein wackerer Soldat, ein ehrlicher Haudegen der ganz in seinen militärischen Angelegenheiten aufgeht. Er hat die Lager und Kastelle umgebaut, auch neue Straßen anlegt, und seine Soldaten durch Auszeichnungen und Belohnungen stets ehrgeiziger und kriegstüchtiger gemacht. Darüber hat er aber den weiten Blick, die Fühlung mit dem Volk verloren, und nun wächst ihm die Sache über den Kopf. Wir vermuteten nach seinen Berichten die rheinische Provinz in tiefster Ruhe, die germanischen Bären schienen zahme Lämmlein geworden zu sein — und nun hebt der Bär seine Pranke! Ämilianus, eine neue Aufgabe wartet auf dich, die Ruhe, die ich dir so gern gönnen würde..."

Der Herrscher sprach nicht weiter, ein Sklave erschien an der Tür und überreichte dem Geheimschreiber des Kaisers einen Brief, den dieser dem Herrscher ungeöffnet übergab. Rasch riss er die umschlingende Schnur ab und entfaltete das Schreiben.

„Eine neue Bestätigung!" sprach er erregt, „bei Bingen sind Germanen über den Rhein gekommen und haben den Ort geplündert. Späher haben gemeldet, dass heimliche Sendboten der Germanen von Lager zu Lager eilen

---

[15] In der Varusschlacht (9 n. Chr.) erlitten drei römische Legionen samt Hilfstruppen und Tross unter Publius Quinctilius Varus in Germanien eine vernichtende Niederlage gegen ein germanisches Heer unter Führung von Arminius (ein Fürst der Cherusker).

und Versammlungen abhalten, es geht ein reger Verkehr zwischen unterworfenen und freien Grenzbewohnern vor, an den Salzquellen bei Friedberg sollen unsere Magazine und Beamtenhäuser durch Brandstiftung in Flammen aufgegangen sein, überall herrscht Bewegung, Unruhe. Trotz auf der einen, Besorgnis auf der anderen Seite. Genug davon — dich hatte ich auserkoren, Ämilianus, Ordnung zu schaffen, nun bin ich entschlossen, selbst nach dem Rechten zu sehen: neue Aufgaben warten auf uns, mein Freund, am Rhein, der so oft unsere siegreichen Adler gesehen hat. In drei Tagen Frist sind wir auf dem Weg dorthin."

Noch lange beriet der Herrscher mit seinem Vertrauten.

3. Kapitel - Nach Germanien!

Gleich einem Lauffeuer ging es durch den Palast, durch die Stadt, durch das Land: Der Kaiser will nach Germanien! Der Befehl des Kaisers, in drei Tagen zur Abreise zu rüsten, erweckte die große Schar der Beamten und die hundert Mal größere Menge an Sklaven zu regstem Leben. In allen Räumen der weitläufigen Kaiserburg auf dem Palatin war ein Gehen und Kommen vom frühen Morgen bis spät in die Nacht. Überall wurde gepackt, stämmige syrische Sklaven schleppten Ballen und Koffer in die Höfe, wo die Gepäckwagen standen, die mit einem Vorsprung von einem Tag den Reisenden vorausgesandt wurden.

Am vierten Tag in aller Morgenfrühe versammelten sich in der Aula palatina, dem großen Thronsaal — er hatte eine Länge von 45 und eine Breite von 36 Meter — mehrere Hundert der Großen des Reiches. Ihre Mienen verrieten Unzufriedenheit, und noch mehr ihre Worte: „Kaum sind wir glücklich vom

Reisen daheim und haben die Koffer ausgepackt, so heißt es wieder: Einpacken!"

„Scheußlich," sagte ein anderer, „aus dem glänzenden Leben Roms, wo man noch nicht einmal recht warm geworden ist, nun auf einmal wieder in ein Land zu reisen, wo sich Fuchs und Hase gute Nacht sagen." An anderer Stelle standen Hofbeamte, auf letzte Weisungen des Imperators wartend, und Unterbeamte und Sklaven gingen aus und ein, Befehle bringend und empfangend.

Die laute Unterhaltung verstummte plötzlich, als der Kaiser, im schlichten Reisegewand, eintrat. Er begrüßte hier und dort einen der sich tief verneigenden Herren, nickte dem einen zu, mit einem anderen sprach er ein paar freundliche Worte, wieder anderen erteilte er noch kurze Aufträge. Dann stieg er die breite Freitreppe hinab, vor welcher schon der mit gallischen Zelten bespannte Reisewagen des kaiserlichen Herrn wartete. Die vergoldeten Räder blitzten im Sonnenlicht, die purpurnen Vorhänge, die von dem Lederverdeck herabhingen, waren zurückgeschlagen. Der Kaiser stieg, der ihm ehrfurchtsvoll folgenden Begleitung einen kurzen Gruß zuwinkend, in den Wagen ein: sein Privatsekretär Julius Vestinus fand mit einem Schreiber im hinteren Teil des Fahrzeuges Platz, während Ämilianus den Sitz neben dem Kaiser einnahm.

In schnellem Trab ging es nun die steile Anfahrt die Höhe hinab. Wagen auf Wagen reihte sich an, berittene Garde eröffnete den Zug und schloss ihn, zur Rechten und Linken des kaiserlichen Gefährtes trabten Leibwächter in funkelnder Rüstung und blitzendem Helm. Verwundert schaute das wenige Volk, das um die frühe Stunde schon auf den Straßen war, dem stattlichen Zug nach, der bald auf die flaminische Straße einbog, die nach Norden, zum Felsenwall der Alpen, nach Germanien führte.

Nach dreistündiger Fahrt, die meist im Trab dahinging, wurden die Pferde gewechselt. Der Kaiser, der bisher in seinem Wagen eifrige Unterhaltung mit seinem Begleiter gepflogen hatte, benutzte die kurze Rast, das Gefährt zu verlassen und die ihn begleitenden Gardereiter zu mustern.

„Siehe da!" rief er, als er einen stattlichen, breitschultrigen Prätorianers, dem der blinkende Helm und der wallende Mantel vortrefflich standen, ansichtig wurde, „unser wackerer Bärentöter!" und winkte ihn heran.

„Sprichst du unsere Sprache?"

„Gewiss, erhabener Kaiser, an der Grenze wohnend, im täglichen Verkehr mit den Römern, habe ich ihre Sprache erlernt." antwortete der Gefragte.

„Gut, so sollst du mir von deiner Heimat berichten. Kannst du die Wahrheit sagen?"

„Herr, wir sind nicht Meister ränkevoller Rede. Einfach ist unser Wort, aber wahr."

Der Herrscher wandte sich ab und bestieg seinen Reisewagen, und weiter ging mit mehrmaligem Pferdewechsel und kurzer Frühstückspause die Fahrt bis zu einem kleinen Städtchen, wo übernachtet wurde, über Rimini kam man nach Mailand. Hier wurde von den drei fahrbaren Straßen über die Westalpen die gewählt, die bei Augusta Praetoria Salassorum[16] beginnend,

---

[16] Aosta - Hauptstadt der Region Aostatal in den italienischen Alpen.

den kleinen St. Bernhard überschreitet und über Vienne[17], Genf und Besancon[18] nach Straßburg führt. Von Straßburg aus ging die Reise dann am rechten Rheinufer entlang weiter über Baden Baden und Heidelberg bis der Main erreicht wurde.

Es dunkelte schon, als sich der kaiserliche Zug, nachdem er auf Fähren über diesen Fluss gesetzt war, den Zinnen gekrönten Mauern des Mainkastells näherte. Mit Wohlgefallen betrachtete der Herrscher den sorgfältig in Stand gehaltenen Doppelgraben, die geweißten Mauern, deren Fugen mit roter Farbe nachgezogen waren, die Türme und das gewölbte Doppeltor, vor dem jetzt die kaiserlichen Gefährte hielten. Der Kommandeur der Besatzung stand mit seinen Offizieren vor dem Tor, neben ihm die Ehrenwache. Der Kaiser nickte ihnen einen kurzen Gruß zu und fuhr dann in das Städtchen ein, wo für ihn im Rathaus Unterkunft bereitet war. Hier begrüßte ihn der Bürgermeister nebst seinen Ratsherren mit einer Ansprache, in der er sich zugleich

---

[17] Vienne ist eine französische Stadt in der Landschaft Dauphiné
[18] Besançon ist eine Stadt im Osten von Frankreich.

entschuldigte, dass sie dem Herrn der Welt nur so schlichte Räume als Absteigequartier anbieten könnten. Der Kaiser dankte ihnen leutselig, man könne nicht überall Rom finden, aber wohl römische Gesinnung, und er freue sich, dass ihm diese Worte das offenbart hätten.

Als er in die Vorhalle des zu seiner Unterkunft bestimmten Hauses eintrat, war er nicht wenig erstaunt über den Schmuck, den fleißige Hände hier angebracht hatten. Von Säule zu Säule schlangen sich breite Eichengewinde, und wo sich zwei derselben vereinigten, wurden sie von dem Schädel eines Auerochsen oder dem eines der Riesenhirsche aus den germanischen Urwäldern zusammengehalten.

„Ein echt germanischer Gruß." sprach der Herrscher, freundlich die Ausschmückung musternd, „Weder solch grünen Laubschmuck, noch solche Bestien bescheint unsere Sonne des Südens."

Dann begab er sich in die für ihn bestimmten Zimmer, wo schon die Sklaven die vielen, dem kaiserlichen Gepäck entnommenen Gegenstände und Geräte, die den Herrscher auf seinen Reisen begleiteten, aufgestellt und untergebracht hatten.

Als der Kaiser gebadet und mit seinen Begleitern das Mahl eingenommen hatte, welches die Köche mit gewohnter Sorgfalt und erstaunlichem Reichtum an ausgesuchten Gerichten bereitet hatten, befahl er den Leibwächter Gerwin zu sich.

„Wie lange" fragte er ihn, „ist es her, dass du den Bereich deines Stammes verlassen hast?"

„Kaum ein Jahr, erhabener Herrscher." entgegnete der Gefragte.

„Was war der Grund dafür?"

„Nicht eigener Wille trieb mich aus der Heimat, aus meiner Sippe, vom Teuersten fort, was ich habe. Man nahm mich gefangen, als ich ein Mädchen, das ich zu meinem Weib machen wollte, schützen musste gegen einen römischen Offizier."

„Erzähle es ausführlich," sprach der Kaiser aufhorchend, „sprich offen!"

„Die Tochter des Ältesten unseres Stammes," berichtete er, „Gerlinde, wuchs in dem Gehöft heran, das in direkter Nachbarschaft zu unserer Siedlung lag. Als Kinder spielten wir miteinander, und als wir älter wurden, kamen wir überein, einmal fürs Leben zusammen zu gehören. Noch wussten unsere Eltern nichts davon. Fast täglich trafen wir uns an der Quelle auf einer Waldwiese und redeten von unserer Zukunft. Eines Morgens, als ich mich wieder dem Platz näherte, hörte ich eine weibliche Stimme, die um Hilfe rief. Das konnte nur Gerlinde sein. Den Speer in der Hand, stürmte ich durch Gebüsch und Hecken, und wie ich zur Waldlichtung kam, erblickte ich einen römischen Offizier, der gegen die sich heftig sträubende Jungfrau zudringlich wurde. Mit einem Satz war ich bei ihm und riss ihn von der Zitternden weg. Als ich den Speer hob, den Elenden niederzustoßen, der meine und die Ehre des Mädchens zu schänden versucht hatte, umfingen mich ein paar Arme, ich wurde von hinten zu Boden geworfen und gefesselt.

„Es waren Soldaten, Begleiter jenes Schurken, die sich in der Nähe aufgehalten hatten. Hohnlachend stieß er mich mit dem Fuß, als ich hilflos auf der Erde lag. Und hohnlachend rief er, während man mich wegschleppte: ‚Soll ich dein Schätzchen grüßen, verliebter Germane? Du wirst es doch nicht wiedersehen!' Schnell saß man im Lager zu Gericht und verurteilte mich zum Tod am Kreuz. Aber der Tribun befahl, mich mit anderen Gefangenen meiner Landsleute nach Mainz zu bringen, wo der Statthalter über unser Schicksal entscheiden sollte. Von ihm wurden wir nach Rom geschickt, zum Kampf in der Arena bestimmt. Hier sollte ich sterben, doch deine Gnade rettete mich von unrühmlichem Tod."

„War die Handlung des Offiziers, dem ich gegönnt hätte, dass du ihn zurechtgewiesen hättest, nur eine Ausnahme oder gaben Soldaten oder Beamte auch sonst bei euch Anlass zu Klagen deiner Landsleute?" fragte der Kaiser weiter.

„Mein Vater, erlauchter Herrscher," antwortete der Gefragte, „erzählte mir, dass er, der einst Ältester unseres Stammes war, und seine Genossen sich freiwillig in den Schutz des römischen Volkes begeben hatten, nachdem ihnen Zollfreiheit, das Recht, die Waffen zu tragen und die Gerichtsverhandlungen in unserer Sprache zu führen, sowie andere Freiheiten gewährt worden waren. Diese Freiheiten wurden uns allmählich genommen. Jeder neue Vertreter deiner Herrschaft kam mit neuen Abgaben. Auf die Grundsteuer, die wir zuerst allein zu entrichten hatten, folgte die Kopfsteuer, dann kamen die Lasten der häufigen Einquartierung durchmarschierender Truppen, und Frondienste beim Brücken-, Straßen- und Festungsbau. Wald und Weide, deren Besitz uns noch nie jemand bestritten hatte, wurden uns ohne weiteres genommen und gallischen Ansiedlern zugeteilt. Wurden die Grund- und Kopfsteuern nicht regelmäßig zum Termin bezahlt, so wurde der mit der Steuer Rückständige ohne Erbarmen von Haus und Hof vertrieben. Keine Ware ging schließlich über die Grenze, für die wir nicht zollen mussten. Anfangs entrichtete man die Steuern willig, denn die Verständigen sahen, dass unter der Herrschaft Roms die vielen und blutigen Streitigkeiten, wie sie unter den Stammesgenossen und mit ihren Nachbarn von jeher herrschten, ein Ende gefunden hatten. Der Handel mit den römischen Niederlassungen gab uns reichlichen Verdienst, die Waren der römischen Händler waren uns willkommen. Als man uns das Recht der Waffen nahm, wurde alles erregt, aber die Maßnahmen der Besonnenen verhüteten noch, dass man sich gleich offen empörte. Unsere Nachgiebigkeit hielten deine Beamten für Feigheit und uns für scheue Sklavenseelen, denen man alles zumuten kann, und so sah man uns nicht mehr als römische Untertanen an, sondern nannte uns germanische Schweine, Auswurf, Hunde und glaubte sich alles gegen uns erlauben zu dürfen. So ist die Zufriedenheit in Hass verwandelt worden, und jeder verflucht den Tag, an dem unsere Väter römischen Worten Glauben geschenkt hatten."

Er sprach die letzten Worte mit gehobener Stimme, so dass der Kaiser ihn erstaunt anblickte. Er fühlte, dass das, was in der Seele dieses jungen Mannes vorging, ein Abbild sein musste von dem Empfinden des ganzen Volkes. So sprach er: „Du redest frei deinem Kaiser gegenüber und bist ein beredter Anwalt deines Volkes, aber ich danke dir für dein offenes Wort. Doch noch eins! Noch ist mir keine Kunde von Unruhen deines Stammes gekommen. Die größere Mehrheit deiner Landsleute scheint also abgeneigt, ihr Recht mit den Waffen in der Hand zu fordern?"

„Wenn es bisher gelang," antwortete der Soldat, „den Frieden zu erhalten, so ist es das Verdienst der Älteren unseres Stammes, vor allem von Gerlindes Vater Ragano, der einst gegen Rom gekämpft hat und die blutigen Opfer eines solchen Krieges kennt. Die junge Mannschaft dagegen, die zum Teil die Kriegskunst im römischen Heer gelernt hat, verlangt stürmisch nach Kampf, und es könnte leicht passieren, dass sie schließlich die Besonneneren mit fortreißen. Und noch eins — seit drei Jahren ist keiner mehr von unserem Stamm freiwillig in römische Dienste getreten: ein Volksbeschluss hat das feierlich untersagt."

„So scheint es höchste Zeit," meinte Hadrian, „vermittelnd einzugreifen."

Damit winkte er dem Soldaten, der gleich darauf wieder, den linken Arm im Schildband, mit der Rechten den Speer schulternd, in gleichmäßigem Schritt in der Vorhalle auf und ab ging. Seine Gedanken aber schweiften hinüber zu den Taunushöhen und zu Gerlinde. Noch wusste er nicht, was aus ihr geworden war. War auch sie von den rohen Soldatenfäusten fortgeschleppt worden? Oder war es ihr geglückt, zu entfliehen, als er überfallen und gefesselt worden war? Vergebens hatte er unterwegs Händler und Soldaten ausgefragt, die aus den Taunusbergen kamen. Keiner konnte dem eifrig Fragenden Auskunft geben.

Das Herz pochte ihm heftiger, wenn er an sie dachte, und in seinem Inneren gelobte er Wodan, dem Allvater, ein jähriges Füllen[19] zu opfern, wenn seine Huldigung an die Götter ihm die Liebste retten würde.

4. Kapitel - Auf der Taunushöhe

Das war ein bewegtes Treiben da oben auf der Taunushöhe! In den stillen Wäldern, in denen man sonst nur den Schrei des Hirsches, das heisere Gebell des Wolfes ober das Pochen des Spechtes vernahm, erklang hell der Schlag

---

[19] Füllen: Jungtier von Pferden oder Eseln

der Äxte; dazwischen hörte man den dumpfen Hall der niederstürzenden Waldriesen. Aus hochrädrigen Wagen schleppte man die Stämme, der Äste beraubt, zum Lager. Von dem Südtor bis zum Prätorium[20] bildete man aus ihnen eine Art Feststraße, indem man sie wie Säulen nebeneinander in den Boden einrammte und durch breite Laubgewinde verband, die mit bunten Bändern verknüpft waren. Das hohe Tor selbst war mit Kränzen reich verziert, und das Steinbild des Kaisers, das vor ihm errichtet war, trug einen goldenen Lorbeerkranz. Die Exerzierhalle aber war in eine Festhalle verwandelt. Die Wände waren mit frischem Birkengrün geschmückt, und von den mächtigen Eichenbalken der Decke hingen Eichengirlanden herab. Soldaten trugen in Weidenkörben weißen und gelben Sand herbei, mit dem der Boden bestreut wurde. In die Mitte der Halle wurden schwere Holztische und breite Bänke geschleppt, die sie mit Fellen und Kissen belegt wurden. Wieder andere zogen mit roter Farbe die Furchen zwischen den einzelnen Quadern der weißgetünchten Außenwände des Fahnenheiligtums nach. In den Baracken und Zelten herrschte gleichfalls große Geschäftigkeit. Vor den niedrigen Türen saßen die Soldaten, eifrig Helm und blinkenden Panzerschmuck putzend, manche fuhren wohlgefällig mit den weichen Putzlappen über metallene Ehrenscheiben, die, an Lederriemen befestigt, über die Brust getragen wurden.

Dort stand in Reih und Glied eine Abteilung, deren Anzug und Waffen der Zenturio[21] mit prüfendem Blick musterte. Auf dem Rasenplatz zwischen dem Prätorium und der Porta[22] Prätoria bemühten sich einige rotbemäntelte Offiziere ihren Rossen die richtige Gangart und Haltung beizubringen. Aus den langen niedrigen Stallgebäuden führten Trossknechte die kleinen

---

[20] Prätorium: das Zelt/Gebäude des Befehlshabers in einem Legionslager.
[21] Zenturio: Offizier des Römischen Reiches, der eine Centuria, d.h. 100 Soldaten der römischen Legion führte.
[22] Porta: Tor

ausdauernden Pferde in die Schwemme. Dazwischen hörte man Trompetensignale mancherlei Art, Wachabteilungen zogen vorüber, Truppen von bestaubten Soldaten mit Hacke und Spaten auf der Schulter kehrten ins Lager zurück. Sie hatten alle Unebenheiten der nach Süden führenden Straße beseitigt, auf welcher der Kaiser kommen sollte.

Der Kaiser! Das war das Wort, das nie gekanntes Leben und Aufregung allerseits hervorgerufen hatte. Von der Mainfurt her hatte gestern ein Eilreiter die Nachricht von dessen bevorstehender Ankunft gebracht, und wie ein Blitz aus unbewölktem Himmel fuhr sie unter die Offiziere, die gerade zum Frühstück beieinander saßen. Gewiss dachte man sich, dass der Herrscher die Bergfestungen auf dem Taunus besuchen würde, aber er werde doch, wie eben noch mit der Miene des Wissenden von dem Kohortenführer[23] Favorinus auseinandergesetzt worden war, zuerst nach Mogontiacum[24] gehen; schon hatte sich die Hauptstadt am Rhein zu festlichem Empfang gerüstet. Und nun die Überraschung: Der Kaiser kommt in zwei Tagen! Da ließ mancher den Rest seines Frühstücks unbeendet stehen.

Noch ehe der Nachtisch aufgetragen wurde, erhob sich der Lagerkommandeur Julius Berecundus und verließ raschen Schritts den Kasinobau. Sichtbar aufgeregt traten die Offiziere zu einzelnen Gruppen zusammen. Nur der wohlbeleibte Zenturio Tritus, der nie seine Ruhe verlor, setzte sich wieder an seinen Platz und verzehrte, als ob nichts geschehen wäre, eine Feige nach der anderen; und während seine Kameraden eifrig debattierten, knackte er seine Welschnüsse und schlürfte den goldbraunen Wein, den die Händler aus dem Süden über die Alpen gebracht hatten.

---

[23] Die Kohorte war im Römischen Reich eine militärische Einheit, insbesondere eine Untereinheit der römischen Legion und umfasste etwa 300 Soldaten.
[24] Mogontiacum ist der lateinische Name der heutigen Stadt Mainz

Da erscholl vom Lager her ein gellendes Trompetensignal: 'Die Offiziere!' Die Unterhaltung wurde abgebrochen, auch der dicke Tritus erhob sich, hängte das Kurzschwert an breitem Gurt über die linke Schulter und setzte den blinkenden Helm mit wehendem Busch auf. Dann verließ er mit den anderen den Saal, um sich zum Prätorium zu begeben, wo über den Empfang des Kaisers beratschlagt werden sollte.

Und als der dritte Tag anbrach und die Morgensonne mit ihren ersten Strahlen den Kamm des Gebirges vergoldete, da war durch die Mithilfe aller Hände das Lager hergerichtet. Der Posten, der oben auf dem Wachturm seinen Wachdienst versah und seine Blicke hernniederschweifen ließ, erkannte sein altes Lager kaum wieder. Wie gelbe Bänder zogen sich die mit frischem Sand bestreuten Straßen durch das Lagerrechteck, zur Rechten und Linken der Via praetoria[25] ragten silberstämmige Masten mit bunten Wimpeln und grünendem Laubgewinde empor, die Statuen des Kaisers und der Lagergottheiten, die sich vor dem Haupttor und dem Lagerheiligtum erhoben, trugen Kränze, die Altäre waren mit Bändern und Girlanden behängt. Efeuranken umwanden die Vorderseite der Zelte und die Eingänge der Gewölbe am Wehrgang.

Schon ertönte der Weckruf, und bald kamen die Krieger aus ihren Behausungen hervor und stellten sich vor dem Prätorium in kleinen Abteilungen auf. Noch einmal wurden Waffen und Anzug sorgfältig gemustert, noch einmal die Mahnungen wiederholt, welche die Offiziere und Unteroffiziere bereits am Tag vorher eindringlich genug gegeben hatten, und

---

[25] Straße und Tor, die dem Prätorium am nächsten waren, nannte man via praetoria und porta praetoria.

dann zog Manipel[26] auf Manipel vorüber, zum Teil an die Heeresstraße, zum Teil an das Südtor, wo der Herrscher die Parade abnehmen sollte.

Die vierte Stunde des Tages war bereits gekommen und ungeduldig harrten Soldat und Befehlshaber der Kommenden.

Da verkündeten langgezogene Tuben, welche die Trompeter auf dem Wehrgang des südlichen Haupttores laut werden ließen, die Ankunft des Kaisers.

Längs der Heerstraße hatte sich eine große Menschenmenge angesammelt. Es waren die Bewohner des Lagerdorfs, zum Teil grauköpfige Veteranen, die, nachdem sie ihre fünfundzwanzig Jahre gedient hatten, mit dem römischen Bürgerrecht und einem Stück Ackerland beschenkt worden waren. Ihre kleinen Häuschen, deren Fachwerkgiebel dort aus dem Grün hervorragten, hatten auch sie aufs sorgfältigste mit Blumen und Kränzen geschmückt, ja einzelne trugen kunstlos hingepinselte Begrüßungsaufschriften, wie: 'Die Götter mögen dich behüten! Auf das du stets siegreich bist! Gesegnet sei dein Einzug!'

Jetzt waren die Häuschen leer. Mann und Frau und die Kinder im Festtagsgewand hatten an der Heerstraße Aufstellung genommen, um den Kaiser zu begrüßen. Immer wieder schauten alle Augen die schnurgerade Straße hinab. Noch ließ sich nichts erkennen. Endlich sah man ganz in der Ferne weiße Staubwolken, aus denen Waffen hervorblitzten. Es war der Vortrab des kaiserlichen Zuges, eine Schwadron batavischer[27] Reiter mit silberglänzendem Helm, mit Wangenschutz und wehendem Mantel, der auf der Brust den gelben Lederpanzer sichtbar werden ließ. Immer näher kamen sie heran, und bald bemerkte man in einigem Abstand hinter ihnen auch die

---

[26] Manipel: Römischer Truppenteil einer Kohorte welcher etwa 100 Mann umfasste.
[27] Bataver: Ein westgermanischer Volksstamm.

kaiserliche Eskorte. Offiziere der verschiedensten Truppenteile, alle hoch zu Ross, gleich einer Gruppe goldgepanzerter Gottheiten. Als sie sich dem Lagerdorf näherten, brach die Menge, die bisher in gespanntem Schweigen verharrte, in laute Jubelrufe aus.

„Der Vorderste ist der Kaiser." meinte der dicke Kneipwirt, „Der auf dem Fuchs." — „Nein," entgegnete der neben ihm Stehende, der Flickschuster Burrus, „der hat ja keinen Bart, der in der dritten Reihe ist es, mit dem goldenen Helm!" So gingen die Meinungen durcheinander, jeder hielt einen anderen für den Herrscher.

Der aber ritt in unauffälliger Reisekleidung inmitten seiner Hofleute, zur Seite hatte er den Lagerpräfekten, der ihm bis Nida[28] entgegengeritten war.

„Wer sind die Leute, die uns so freudig begrüßen?" fragte der Kaiser.

„Veteranen Eurer Majestät," entgegnete Julius Berecundus, „Bewohner des ausgedehnten Lagerdorfes, das sich seit etwa fünfzehn Jahren vor dem Südtor des Lagers bildet. Erst ließen sich gallische Händler hier nieder, dann ausgediente Soldaten, die zum Teil mit germanischen Frauen die Ehe eingegangen sind."

„Trägt diese Verbindung" fragte wiederum der Kaiser, „nicht dazu bei, das gute Einvernehmen zwischen unseren Leuten und den Germanen zu fördern?"

„Gewiss, erlauchter Herr, war das bis vor kurzer Zeit der Fall. Aber etwa seit Jahresfrist herrscht bei den Eingeborenen eine feindselige Stimmung, die sich auch darin äußert, dass germanische Mädchen jede Werbung eines Römers zurückweisen. Man ist unbestritten hier und dort zu schroff und rücksichtslos

---

[28] Nida: heute Frankfurt-Heddernheim

seitens unserer Beamten gegen die Stämme vorgegangen, die sich lange Zeit als treue Untertanen gezeigt haben."

Der Kaiser wollte noch weitere Fragen stellen, aber schon näherte er sich selbst dem Lager, von dem ihn helle Trompetenfanfaren begrüßten. Mit Wohlgefallen sah er das ins Blaue emporragende Doppeltor, geschützt von zwei viereckigen Holztürmen. Dumpf erdröhnte der Bohlenbelag der Brücke, die über den Doppelgraben zum Tor führte, unter dem Hufschlag der Rosse. Und ihr Dröhnen vermischte sich mit den Heilrufen der Soldaten, die innerhalb des Lagers in Reih und Glied aufgestellt waren, mit dem Klang der Tuben und dem Klirren der Waffen, die hochgeschwungen wurden. Es trat erst Stille ein, als der Priester des Lagers, den weißgekleidete Knaben begleiteten, vor den Herrscher schritt und in langem Gebet die Götter bat, den Einzug des Kaisers mit reichem Segen zu begnaden.

Als Hadrian mit seinem Gefolge und den Offizieren der Lagertruppen im Prätorium verschwunden war, erhob sich der Jubel von Neuem und kam erst zum Schweigen, als die einzelnen Abteilungen der Truppen sich zu ihren Zelten und Baracken begeben hatten.

Die Bewohner des Lagerdorfs aber zogen sich, müde vom langen Warten und froh, den hohen Herrn gesehen zu haben, in ihre Häuschen zurück. Die Kinder stürmten zu den Ziehbrunnen, von denen jedes Gehöft einen hatte, um ihren Durst zu stillen. Die Hausfrau aber richtete heute ein besonders feines Mittagsmahl her. Da gab's bei den einen geräucherten Schweinekinnbacken mit Bohnen, bei den anderen einen Schafskopf, in Lauchbrühe gekocht, in einem dritten Häuschen, wo das Mittagsmahl bescheidener war, ergötzte man sich an Linsenbrei mit Speck. Wo es hoch herging, leerte man einen Krug mit Met[29] und trank auf den Kaiser und Herrn, den jeder gesehen haben wollte, und den doch keiner richtig erkannt hatte.

5. Kapitel - Das Lager

Der Kaiser hatte den Wehrgang, welcher die beiden Türme der Porta decumana[30] verband, bestiegen. Von hier aus gewann er einen bequemen Überblick über das ganze Lager und seine Umgebung. Nur wenige Herren seines Gefolges befanden sich bei ihm. In einem schlichten hölzernen Feldstuhl hatte der Herrscher Platz genommen, während vor ihm auf ebenso einfachem Holztisch der Chef der Militäringenieure, Sofius Similis, einen mächtigen Plan ausbreitete, auf dem mit schwarzer und roter Farbe die Baulichkeiten des Lagers und die Straßen eingezeichnet waren. Dann verbeugte er sich tief vor Hadrian und trat einen Schritt zurück, auf seine Befehle wartend.

Der Kaiser überflog mit einem flüchtigen Blick die Zeichnung: „Orientiere mich, mein lieber Sofius, erst über die Umgegend unseres Lagers, danach will ich deinen Plan genauer ansehen." Einer Metallkapsel entnahm der Ingenieur einen zweiten Plan und legte ihn so vor den Herrscher, dass die Orientierung der Karte mit der Himmelsrichtung übereinstimmte. Dann begann er seinen Vortrag:

---

[29] Met: Honigwein
[30] Porta decumana: Hier hatte die 10.Kohorte ihre ständigen Station. Sie lag in gerader Linie der Porta preatoria gegenüber und es könnte von hier aus die umliegende Landesgegend eingesehen werden.

„Der Punkt, auf dem unser Lager errichtet ist, ist die tiefste Einsattlung des Taunusgebirges, das sich in flachem Bogen von der Wetterau[31] her nördlich des Mains fast bis zum Rheinfluss hinzieht. Dein erlauchter Vorgänger Domitian, der die Rhein-Donaugrenze anordnete, ließ bei Mainz die feste Brücke bauen, besetzte das Maintal und die Wetterau, deren fruchtbare Gefilde dort im Südosten im hellen Sonnenschein herüberglänzen, und legte eine Reihe ausgedehnter Feldlager an. Das nächste von diesen ist Nida, zu dem die neue schnurgerade Straße führt, die sich von diesem Tor nach Süden zieht. Über Nida geht sie weiter zum Main, dessen Furt[32] durch ein Fort gesichert ist. Die andere Straße, die hier links abbiegt, stellt die Verbindung mit der Wetterau dar, die Dritte zur Rechten führt nach Hofheim und verbindet uns direkt mit Mainz. Die vierte Straße, die sich der Längsseite des Kastells entlang zieht, geht ins Chattenland und war, schon ehe wir hier festen Fuß fassten, der wichtigste Verbindungsweg zwischen Lahn und Main[33]. Deinem Befehl entsprechend ist nun an die Stelle des domitianischen kleinen Lagers, das nur aus Erdwällen und Palisaden bestand, durch den Fleiß unserer Handwerker und Soldaten das größere Lager errichtet worden, das dein kaiserlicher Fuß heute zum ersten Mal betreten hat."

Der Kaiser nickte dem Redenden freundlich zu, der den zuletzt aufgelegten Plan wegnahm und nun an der Hand des ersten Planes ein Bild von den Bauten des neuen Lagers gab.

„Unser Bau," fuhr er dann fort, „weicht in der Form von der Anlage Domitians insofern ab, da wir nicht die quadratische, sondern die rechteckige Form gewählt haben, und zwar sind die Schmalseiten 100 und die Längsseiten 150

---

[31] Wetterau: Landschaft in Hessen in Deutschland. Naturräumlich wird sie zum Rhein-Main-Tiefland gezählt.
[32] Furt: Eine Untiefe in einem Bach- oder Flusslauf, an der das Gewässer zu Fuß oder mit Fahrzeugen durchquert werden kann.
[33] Das oberste Kastell ist die Kapersburg, das zweite die Saalburg.

Doppelschritte lang. Dem Dekumantor haben wir einen doppelten Eingang gegeben, während die übrigen drei Tore, die beiden Seitentore und die Porta praetoria nur einen einfachen Durchgang aufweisen. Jedes Tor ist durch Türme flankiert, ebenso ermöglichen Türme an den Ecken des Kastells eine wirksame Beschießung des Angreifers. Das Ganze haben wir mit einem breiten und tiefen Graben umschlossen, so dass ein Pilum[34] gegen den Feind, der bis zum Spitzgraben gelangt ist, mit aller Wucht geschleudert werden kann. Was die Umfassungsmauer betrifft..."

„Ich sehe," unterbrach ihn der Kaiser, „dass ihre Konstruktion von der sonst bei uns gebräuchlichen abweicht."

„Gewiss, erhabener Herrscher," antwortete Sofius, „hat dein weitschauender Blick das Richtige erkannt. Während wir uns sonst massiver Steinmauern bedienen, haben wir hier die Verbindung von Stein und Holz gewählt. Dies ermöglicht, ohne Verwendung von Kalkmörtel, die schnelle Errichtung einer dauerhaften Mauer. Die Technik haben wir den Einwohnern des Landes selbst abgesehen. Rings auf den Berggipfeln, die dein Auge nach Sonnenauf- und Sonnenuntergang erblickt, haben sie im Dunkel undurchdringlicher Wälder ihre sogenannten Ringe erbaut, in denen sie früher, als sie noch freie Herren waren, Zuflucht suchten, wenn Feinde in ihr Gebiet eingefallen waren. Diese Ringe bestehen aus hohen Mauern. Sie sind derart konstruiert, dass man in Abständen von ungefähr einem Doppelschritt starke Baumstämme in die Erde rammte. Jeder dieser Pfosten überragt die eigentliche Mauer noch um die Höhe der Zinnen, so dass diese, die aus Flechtwerk hergestellt sind, durch diese Außenpfosten ihren Halt erhielten. Ebensolche Pfosten, nur niedriger, stehen auf der Innenseite und sind mit den äußeren Balken durch Langhölzer verankert. Alle Zwischenräume sind nun mit wohlgesetzten Bruchsteinen ausgefüllt, so dass das Ganze vor

---

[34] Pilum: Wurfspieß und die typische Fernwaffe des Legionärs der römischen Armee.

Auseinandersturz und vor der Fortleitung etwa angelegten Feuers bewahrt ist."

„Diese Konstruktion," unterbrach Hadrian den Sprecher, „habe ich auch in Gallien gesehen, wo sie schon in alten Zeiten bezeugt wird. Denn ich erinnere mich aus meiner Schülerzeit, als ich mit dem gestrengen Labeo, meinem verehrten Lehrer, Julius Cäsars gallische Feldzüge las, der Beschreibung einer solchen Mauer."

„Die Erinnerung täuscht Eure Majestät nicht," sprach der Ingenieur, „nur haben wir noch das Nützliche mit dem Praktischen verbunden, indem wir die durch den Wallgang ziehenden Balken der obersten Lage zur Innenseite verlängerten, dann durch Pfosten stützten und durch eine Bedeckung von Bohlen die Bedachung der Festungsgewölbe schufen, die sich auf der Innenseite dieser Umfassungsmauer hinziehen."

„Du hast in der Spanne Zeit viel geleistet," nahm wieder der Kaiser das Wort, „nun erzähle mir überblickshaft, welche Gebäude errichtet sind. Wie ich sehe, weist die Anlage nicht ganz dieselben Eigenschaften auf, wie unsere anderen Festungen."

Mit prüfendem Blick verfolgte der Kaiser die kommenden Darlegungen des Sprechers auf dem neu aufgelegten Plans der Anlage, bisweilen blickte er ins Lager selbst, um die dort gezeigten Örtlichkeiten aufzusuchen.

„Ich danke dir, mein wackerer Baumeister," sprach er alsdann, „nun bin ich über deinen Entwurf völlig aufgeklärt. Auf einem Rundgang wollen wir jetzt sehen, wie dein Projekt zur Wirklichkeit geworden ist."

Damit erhob er sich und schritt die Stufen hinab, die zum Lagerwall führten. Im Dahinschreiten winkte er den Kommandanten des Lagers an seine Seite und fragte ihn: „Wie groß ist gegenwärtig die Garnison deiner Festung?"

„Die ständige Besatzung beträgt augenblicklich 500 Mann, darunter über 100 Reiter, welche die Verbindung mit den Nachbarkastellen herzustellen haben. Gewöhnlich sind etwa 25 Mann zur Ziegelfabrikation abkommandiert an die Ried, die sich in den Main ergießt, 80 Mann sind auf Wachen längs der Grenze."

„Wie sind diese," fragte Hadrian, „dort untergebracht?"

„Auf Hügeln und Erdaufwürfen haben wir Holztürme errichtet, die von Palisaden umgeben sind. Je zwei Mann halten hier Wache und verständigen sich mit den nächsten Wachttürmen bei Nacht durch Fackel-, bei Tag durch Rauchsignale."

„Genügt diese Anlage zum Schutz der Grenze?" fragte der Kaiser wiederum.

„In friedlichen Zeiten ja, doch kann damit dem ausgebreiteten Schmuggel kaum Einhalt geboten werden."

„Nun," fuhr der Kaiser fort, „so sollte man eine fortlaufende Palisadenwand, hoch genug, ein Übersteigen zu verhindern, von Turm zu Turm ziehen. Sie wird immerhin auch im Kriegsfall ein Hindernis bilden. Wir werden die Angelegenheit nachher mit den militärischen Führern besprechen."

Bei diesen Worten war er zum Magazin gelangt, in das er nun eintrat. 'Horreum'[35] las er auf der Steinplatte über dem Eingangstor. Da lagen die Wände entlang Hunderte von Säcken, gefüllt mit Getreide, meist Weizen. Auf breiten Regalen standen Tonkrüge, die Öl enthielten. Andere Räume waren von langen Balken durchzogen, an denen eiserne Haken hingen. Diese trugen Schweineschinken, gesalzenes und geräuchertes Fleisch vom Auerochs, Rind

---

[35] Horreum: Ein römisches Lagerhaus oder Magazingebäude

oder Wildschwein. Alles Vorräte, die im Fall einer Belagerung zum Unterhalt der Besatzung dienen mussten.

Vom Magazin aus schritt der Kaiser zum linken Prinzipaltor, um die Soldatenwohnungen, die sich als Gewölbe an den Wehrgang anschlossen, zu mustern. Eine Holztür führte in den viereckigen Raum, der spärlich durch ein kleines Fenster, das im Winter durch ein Tierfell verhängt war, erleuchtet wurde. Dies Fenster diente auch zum Durchlass des Rauches, der von dem offenen Herd herkam, welcher in der Mitte des Gemachs aus Feldsteinen und Ziegeln kunstlos zusammengefügt war.

Überrascht sprangen die Soldaten, die sich gerade aus Weizenmehl, Wasser und Speck einen dicken Pfannkuchen herstellten, auf, als der Kaiser eintrat.

„Gib Acht" rief er dem einen Soldaten zu, der die Eisenpfanne in der Hand hielt, „dass dein leckeres Mahl nicht in die Asche fällt!"

Dann wandte er sich zu einem der anderen Krieger und fragte ihn, wo er herstammt. Er erfuhr, dass er am Walchensee[36] gebürtig sei. Auch die meisten anderen Soldaten der Kohorte waren, wie einer der Offiziere erläuternd hinzufügte, Tiroler und Bayern. Durch ihren hohen Wuchs, die sehnigen Glieder und die kräftig gebogenen Nasen im wettergebräunten Gesicht unterschieden sie sich merklich von den Italienern, die sich in der Begleitung des Kaisers befanden. Aufmerksam musterte der Herrscher die mit einer Laubstreu und darübergebreiteten wollenen Decke versehenen Lagerstätten an den Wänden und was sonst noch in dem bescheidenen und doch nicht ungemütlichen Raum zu sehen war. Als er sich zum Gehen wandte, reichte er dem Soldaten, der, mit der Bratpfanne in der Hand, stramm in Positur dastand, ein Goldstück mit den Worten: „Dass euch der

---

[36] Walchensee: Der See liegt 75 km südlich von München inmitten der Bayerischen Voralpen.

Mehlkuchen besser mundet, nehmt hier etwas zu kräftigem Trunk. An Durst fehlt es euch Germanen ja nie."

Mit kurzem militärischem Gruß verabschiedete er sich von den erstaunten Kriegern und ging dann eilenden Schritts zur Porta decumana, um Anweisungen über die geplante neue Grenzverpalisadierung zu geben.

6. Kapitel - Gerwins Besuch

Finster vor sich hinbrütend saß der Stammesälteste Ragano auf dem Hochsitz in der Halle seines Hauses. Die Holzläden und Wildfelle, welche die hoch angebrachten Wandöffnungen bei rauem Wetter verschlossen, waren zurückgeschlagen, goldener Sonnenschein strömte herein und warf seine zitternden Lichter auf den festgestampften Lehmboden und die gegenüberliegende Wand, die aus Weidengeflecht, das mit Lehm beworfen war, hergestellt und mit mannigfachen Geweihen des Hirsches und Elches und den gewaltigen Hörnern des Auerochsen geschmückt war.

Mit übereinandergeschlagenen Beinen, den Kopf in die linke Hand gestützt, saß Ragano an dem wuchtigen Eichentisch, auf dem die Rechte zur Faust geballt lag. Die Blicke waren starr zu Boden gerichtet, als versuchten sie dort etwas zu erspüren. Kaum sah er auf, als seine Tochter Gerlinde in die pfostengetragene Halle trat und vor den Alten den Metkrug und den silbernen Becher stellte, den einst Raganos Vater im Zelt eines römischen Offiziers, den er mit dem schweren Steinbeil in blutigem Kampf erschlagen, als Beutestück an sich genommen hatte. Die Augen des Mädchens leuchteten, um den rosigen Mund spielte ein Lächeln. Sie trat neben den Vater, legte ihre Rechte auf sein Haupt und fuhr sanft über die silbergrauen Haare hin. „Warum so ernst, Vater?" versuchte sie den Alten aufzumuntern,

„Schwere Sorgen scheinen dich zu bedrücken. Teile deinem Töchterchen mit, was dich quält. Schon oft hast du mir, seitdem unsere teure Mutter von uns gegangen war, deine Geheimnisse anvertraut. Habe ich je ein solches ausgeplaudert? Du nennst mich immer dein kluges Töchterchen. Kann ich dir nicht mit klugem Wort helfen?"

Der Greis verharrte in Schweigen, und Gerlinde fuhr fort: „Ich weiß sehr gut, dass wichtige Dinge vor sich gehen. Es gab heimliche Zusammenkünfte in nächtlicher Beratung, und man raunt sich zu, dass es gegen die Römern geht. Meinst du, man sieht es nicht, wie heimlich die Waffen geschärft und neue herbeigeschafft werden?" Ragano hob die Hand: „Schweig, alle werden noch früh genug erfahren, mit welch giftigem Zahn die Schlange, die der Fuß getreten hat, beißen kann. Doch höre! Setze dich zu mir, denn meine Worte gelten nur dir."

Erstaunt und mit fragendem Blick rückte Gerlinde den schweren Holzschemel heran und setzte sich neben den Vater, der wieder anfing zu sprechen: „Der Gedanke an deine Zukunft verursacht eine schwere Sorge bei mir. Zwanzig Lenze hast du jetzt hinter dir. Ich bin alt, wer weiß, ob der Sturm der Zeit mich nicht bald dahinrafft; dann wirst du ohne Verwandte allein dastehen. Schon manches Auge eines wackeren Jünglings hat prüfend auf dir geruht, und schon manches Mal bin ich gefragt worden, ob Raganos Tochter ihr Leben ehelos verbringen wolle. Damit ich aber ruhig den Weg in Allvaters Reich antreten kann, muss ich wissen, dass es ein Mann gibt der für dich sorgt, wenn ich nicht mehr bin. Deshalb habe ich Falko, der um deine Hand anhielt, eine Zusage gegeben. Er ist bei allen Männern seiner Sippe angesehen, von starker Faust, und gebietet über ein wohlversorgtes Haus und viele Angehörige. Noch heute wird er kommen, in Erwartung deines Jawortes."

Gerlinde wurde bleich, das Rot ihrer gebräunten Wangen war verschwunden. Erregt sprang sie vom Sitz auf: „Vater, wie oft hast du erzählt, wie du damals Mutter heimlich geraubt hattest, weil die Eltern dir ihre Tochter nicht zur Ehe geben wollten, und mich willst du willenlos einem Mann hingeben, den ich nicht kenne und noch weniger liebe? Glaubst du dadurch für eine glückliche Zukunft deines Kindes zu sorgen?"

„Ich erwarte Gehorsam," sprach der Alte, mit der Faust auf die Tischplatte schlagend, „seit wann ist das Küken klüger als die Henne?" Die Jungfrau brach in Tränen aus, schon wollte sie sich zu den Füßen des Vaters niederstürzen, da tönte von draußen lautes Hundegebell herein.

„Die Rüden schlagen an, ein Fremder wird draußen sein. Sieh, ob er Herberge unter Raganos Dach sucht!"

Willig folgte Gerlinde dem Gebot des Vaters, in der Hoffnung, ihn später noch umstimmen zu können. Ragano nahm einen tiefen Zug aus seinem Silberbecher. „Es wird Falko sein," murmelte er vor sich hin, „heute wollte er kommen. Nun kann er ja mit dem Mädchen sprechen und zeigen, ob er mit der Zunge so beredt ist wie mit dem Schwert. Bei Wodan, lass alles zum Guten wirken!"

Gerlinde war aus der Halle getreten. Noch sah sie den Fremden nicht, der vor dem Plankenzaun stand. Erst als sie an der breitstämmigen Linde vorüber war, deren niederhängende Zweige den Blick auf das Eingangstor verdeckten, erkannte sie einen goldblinkenden Helm. War sie erst zögernd dahingeschritten, so eilte sie jetzt, wie vom Sturmwind getrieben, vorwärts. Mit zitternden Fingern schob sie den hölzernen Verschlussriegel des Tores beiseite, und schon hielten sie die Arme eines römischen Kriegers umfasst und schlossen sie an die Brust, dass der Metallbeschlag des Lederwamses erklirrte.

„Gerlinde!" wie ein Jubelton entflog das Wort seinen Lippen.

„Hab' ich dich endlich, mein Gerwin!" ertönte es zärtlich aus dem Mund der Jungfrau.

Sein Kommen war für sie nicht überraschend. Durch einen Händler, der vor einigen Tagen vom Main her über die Taunushöhe gezogen war, hatte er ihr baldiges Wiedersehen versprochen. Und nun war er da! Nun musste sich alles zum Besten wenden. Das stattliche Paar schritt Arm in Arm zur Linde, und auf der grobgezimmerten Bank sich niedersetzend, plauderten sie nun und fanden im Erzählen kein Ende. Über ihnen aber rauschte der Lindenbaum, und ein kleines Vögelchen sang in seinem Geäst, so jubelnd, als freute es sich mit denen, die da drunten in seligem Vergessen saßen.

Ragano hatte schon zum dritten Mal den Becher gefüllt und wieder geleert. Weshalb kehrte die Jungfrau nicht mit dem Fremden zurück? So machte er sich selbst auf, nach dem Rechten zu sehen. Kaum hatte er die Schwelle der Tür überschritten, so prallte er zurück. Dort unter dem Baum sah er die Tochter, ihre Hand ruhte in der eines römischen Soldaten, und ihr Auge hing beseligt an seinen Blicken.

War das nicht Gerwin, der Sohn seines verstorbenen Nachbarn, der bei Nacht und Nebel das väterliche Gehöft verlassen und in die Fremde gegangen war, ohne je wieder Kunde nach Hause gelangen zu lassen? Der greise Vater hatte sich zu Tode gegrämt über den Undankbaren, von dem er gehofft hatte, dass er ihm einen ruhigen Lebensabend bereiten würde. Und nun sah er ihn dort in dem Kriegskleid eines Römers! Sicher hatte ihn das abenteuerliche Leben des Soldaten und der Glanz der Waffen angelockt, bei dem Unterdrücker Dienst zu nehmen, obwohl ein geheimer Beschluss, der schon vor drei Jahren gefasst worden war, dieses den Männern des Stammes bei Strafe der

Ausstoßung untersagte. Das alles fuhr dem Alten durch den Kopf, als er auf den Jüngling zuging.

„Gerlinde!" rief er in einem Ton, so scharf und schneidend wie der Klang der niedersausenden Streitaxt. Schnell erhob sich die Gerufene, und den Fremden an der Hand führend, der in seinem blinkenden Panzer mit Helm mit wallendem Federbusch prächtig aussah, trat sie vor den Vater hin. Freudigen Blickes und voll Hoffnung streckte ihm Gerwin die Rechte entgegen. Ragano aber stieß sie finster blickend zurück, ergriff den Arm der Tochter und riss sie von der Seite des Jünglings. „Schurke!" rief er, „Hast du vergessen, was wir im Rat der Männer geschworen hatten? Viel lieber sähe ich dich tot als in den Waffen des Unterdrückers unseres Volkes. Ein wackerer Sohn der seinen Vater im Elend verderben lässt, während er sich draußen um schnöden Lohn gute Tage macht! Und nun wagt er es sogar, hier zu erscheinen, als ob gar nichts geschehen wäre! Zur Schmach häufst du die Frechheit! Suche dir eine Römerdirne, aber glaube nicht, dass ein germanisches Mädchen je dein Weib werden wird."

Erstaunt sah der Jüngling den Alten an. Hatten nicht römische Soldaten oft genug germanische Mädchen zur Ehe genommen, hatten nicht Hunderte von germanischen Jünglingen in römischem Sold römische Waffen getragen? Er wollte ihm entgegnen, aber noch ehe er beginnen konnte, rief ihm der zornige Alte zu: „Hinaus aus meinem Hof, den kein Fuß eines Römers wieder betreten soll! Ich rate dir gut: Nimm dich vor germanischen Speeren in Acht, du wirst bald ihr Sausen hören! Hinaus, sonst werden dich die Hunde vom Hof hetzen!" Er dachte daran seine Drohung wahr zu machen, denn er ließ einen schrillen Pfiff ertönen, und herbei stürmten zwei mächtige, struppige Hunde, die zähnefletschend die Füße des Häuptlings umwedelten und die Köpfe an seine Knie legten, seinen Befehl erwartend.

Noch immer hielt der Alte Gerlindes Arm festgepackt, vergebens versuchte sie sich freizumachen. Den Vater nicht beachtend, trat Gerwin auf sie zu: „Hoffe und harre!" sprach er zu ihr, „Auf das Freia[37] unser Vorhaben nicht scheitern lassen wird." Damit ging er eiligen Schritts auf das Tor zu. Als er ihren Blicken entschwunden war, brach sie ohnmächtig zusammen. Der Alte rief die Mägde herbei: „Tragt das Mädchen in seine Kammer!" gebot er, dann ging er noch missmutiger als zuvor in die Halle zurück. Er sah zur Sonne empor. Nach ihrem Stand war es Zeit, zur Versammlung aufzubrechen.

In ihrem Kämmerlein aber saß auf dem linnenbedeckten Holzbett Gerlinde und barg ihr blasses Gesicht im Kissen. Heiße Tränen entströmten ihren Augen. Vergebens pochte die alte Magd, die besorgte Hildegard, an die Tür und mahnte die Jungfrau, an das Essen zu denken. Erst als sich die Dämmerung herabsenkte, als in der Linde, in deren Wipfel sie von dem Fenster ihres Gemaches Fenster sehen konnte, der Sang der Vögel, die sie tagsüber belebt hatten, verstummte, erhob sie sich und ging hinab in die Halle, wo sie erwartete den Vater zu treffen. Noch einmal wollte sie Rücksprache mit ihm nehmen, noch einmal ihn bitten, dass er sein Kind nicht unglücklich macht. Aber sie spähte vergebens im Saal, vergebens in seinem Schlafgemach nach dem Alten. Sie betrat den Hof. Wo waren die Knechte, die sonst um diese Zeit das Vieh in den Ställen versorgten, die Pferde zur Schwemme führten und das eingefahrene Grünfutter abluden? Ein Blick in die Stallung der Pferde zeigte ihr, dass der Vater mit seinen Männern fortgeritten war. Der greise Udalwin, der eben über den Hof daherkam, bestätigte ihre Wahrnehmung. Vor kurzer Frist hatten alle gut bewaffnet das Gehöft verlassen. Ob sie wieder, wie schon so oft, eine heimliche Versammlung in dunkler Nacht abhalten wollten? Oder sollte der Schlag, der so lange vorbereitet war und von dem sie gerüchteweise erfahren hatte, jetzt

---

[37] Freia: Name einer germanischen Göttin

zur Ausführung kommen? Ihr Herz pochte, und ein heftiges Angstgefühl erfasste sie. Auf die Römer hatten sie es abgesehen, und Gerwin war bei den Römern! Unruhig, unentschlossen, was sie tun sollte, ging sie über den weiten Hof zum Plankentor und schaute hinauf zum Gebirge wo sich ihr Geliebter befand.

Lange schaute sie hinaus, immer größer wurden draußen auf der Wiese die Schatten der Bäume, flammend ging die Sonne unter und spiegelte noch einmal, ehe sie hinter den schwarz-blauen Bergen verschwand, ihren goldenen Ball in dem Weiher vor Raganos Gehöft. Dann verschwand sie, und Dämmerschein lagerte sich über Wald und Flur, weiße Nebel stiegen aus den Wiesen auf, und Fledermäuse und Eulen kamen aus ihrem Versteck und flatterten geräuschlos durch die Abendluft.

Gerlinde wollte sich zum Gehen wenden, da vernahm ihr Ohr Schritte, und schon stand ein Junge mit lockigen Haaren vor ihr. Er übergab ihr einen silbernen Fingerring, in welchem die Worte 'amote, ama me.'[38] eingeritzt waren. Sie küsste den Ring, den Gerwin ihr gesandt hatte, weil er ihn selbst nicht mehr an ihre Hand stecken konnte. Sie beschenkte sie den jungen Boten reich, der auf ihm wohlbekannten Schleichwegen bald wieder der Höhe zuschritt.

Noch geraume Zeit blickte sie, die Arme auf den oberen Querbalken des Zaunes lehnend, hinaus in das Tal, in dem es jetzt still geworden war. Nur der Bach, der sich in den Teich ergoss, ließ sein leises Plätschern hören.

Die Nacht brach herein. Gespenstisch schwarz ragten Berge und Bäume in den dunklen Himmel empor. Da hielt sie es für angebracht, ihr Lager aufzusuchen und ging noch einmal den Ring betrachtend, zurück ins Haus.

---

[38] amote, ama me: Ich liebe dich, liebe du mich!

7. Kapitel - Im Mithräum[39]

Auf seinem Rundgang durch das Lager war der Kaiser wieder zur Porta decumana gekommen. Schon wollte er die Schritte zum Prätorium lenken, als ein weißbärtiger Alter, in ein langes weißes Gewand gekleidet, vor ihn trat und bat, der Herrscher möge das neugebaute Mithräum eines Blickes würdigen.

„Ihr habt hier schon ein Mithräum in dieser einsamen Grenzfestung?" fragte er.

„Erst vor Mondesfrist," antwortete der Priester, „ist es geweiht worden. Verehrer des Gottes, finden sich zahlreich unter unseren Kriegern, und nicht die Wenigsten sind Germanen. Aber manche der Soldaten ziehen es vor, der Vereinigung der sogenannten Christen beizutreten, die einen Menschen namens Christus, der zum Gott geworden sein soll, anbeten und von den anderen Göttern nichts wissen wollen."

„Also auch hier verbreitet sich diese Sekte," sprach unwillig Hadrian, „über die schon so viele Klagen laut geworden sind. Wie sind diese Leute hier?" fragte er den neben ihm her schreitenden Lagerpräfekten.

„Wir können nicht über sie klagen, erlauchter Herrscher, es sind pflichtgetreue Soldaten, die nur durch ihr geheimnisvolles Tun bei ihren religiösen Zusammenkünften auffallen und Neugierde wie Ärger der Fernstehenden erregen. Sie werden oft von ihren Kameraden aufgezogen, weil sie Spott und Kränkungen nicht erwidern, sondern schweigend ertragen."

---

[39] Mithräum: Tempel des Mithras-Kultes

„Hast du Genaueres über ihr Treiben herausgefunden?" fragte der Kaiser, den die Sache zu interessieren schien, wiederum.

„Gewiss, erhabener Herr," entgegnete der Gefragte, „gerade die von anscheinend schlechten Elementen bei mir gemachten Anzeigen haben mich dazu bewegt, der Sache auf den Grund zu gehen, soweit sich das bei solch geheimen Kulten erreichen lässt. Ich habe also in Erfahrung gebracht, dass sie an einem bestimmten Tag vor Sonnenaufgang zusammenkommen und miteinander ein Loblied zu Ehren jenes Christus als eines Gottes singen. Dabei legen sie das Gelübde ab, nichts Böses zu unternehmen, weder Diebstahl noch Raub, noch Ehebruch zu begehen, ihr gegebenes Wort nicht zu brechen, noch anvertrautes Gut, wenn es zurückgefordert wird, zu verleugnen. Dann gehen sie auseinander und kommen später noch einmal zusammen, um ein bescheidenes Mahl gemeinsam und in allen Ehren einzunehmen."

„Sonderbare Schwärmer." sprach Hadrian weitergehend vor sich hin.

Unterdessen waren der Kaiser und sein Gefolge in die Nähe des Mithräums gekommen. Abseits von der Heerstraße, inmitten eines von Bäumen bestandenen Bezirks, der von einem hohen Plankenzaun umgeben war, stand das Mithrasheiligtum. Der Eingang war durch eine von Holzpfosten getragene Vorhalle geschützt. Vor ihr sprudelte aus dem Felsen eine muntere Quelle, dessen Ablauf sich in mehrere holzverschalte Becken ergoss. Hier wurden die geheimnisvollen Taufen derjenigen vollzogen, die in die Gemeinde der Mithrasdiener aufgenommen werden sollten.

Als der Kaiser sich dem Heiligtum näherte, ertönte aus dem Inneren feierlicher Gesang. Unter Voranschreiten des Priesters trat der Fürst in den für den Gottesdienst bestimmten Raum. Er bildete ein rechteckiges Gemach, das durch zwei Längsmauern in zwei schmale Seitenräume und einen breiteren, tiefer liegenden Mittelgang unterteilt wurde, der das Bild des Gottes an der nördlichen Schmalseite zeigte. Der Herrscher war fast geblendet, als er aus dem hellen Sonnenlicht in den dunklen Raum des Heiligtums eintrat. Anfangs konnte sein Auge nichts erkennen als die Flammen kleiner Lämpchen, die aus der Finsternis hervorleuchteten. Als das Auge sich etwas an das Dunkel gewöhnt hatte, erblickte er rechts und links die auf den Steinpodien Knieenden und in seltsame, teils gelbe, teils schwarze oder grüne Gewänder gekleideten Gläubigen, deren Gesang mit den Gebeten des Priesters abwechselten.

Auf den Altären, die am Ende des Mittelgangs standen, lohte feurige Glut empor und ließ das mächtige, buntbemalte und vergoldete Reliefbild des Mithras erkennen, das fast die ganze Rückwand des Gemachs abschloss und bisher durch einen Vorhang verhüllt war.

Dann erlosch die rote Glut auf den Altären, und der Kaiser trat wieder hinaus ins helle Tageslicht.

Nach wenigen Schritten erreichte er die nach Heddernheim führende Landstraße, auf deren beiden Seiten sich die Ruhestätten derer befanden, die hier oben gestorben und in schlichtem Grab zum ewigen Schlaf gebettet worden waren. Nur rohe Felssteine bezeichneten die Gräber der Verstorbenen. Meist waren es ja arme Soldaten, denen man hier ein Plätzchen gewährt hatte, um auszuruhen von all den Mühen und Fährnissen, die ihnen das Leben in so reichem Maß gebracht hatte. Drüben auf dem von Steinen errichteten Verbrennungsplatz wurden die Leichen, die in einen Holzsarg oder auf ein Brett gelegt waren, zu Asche verbrannt. Was von den Gebeinen übrigblieb, wurde in einen Tonteller gesammelt und in einer von Steinen oder Ziegeln umstellten Grube beigesetzt. Krüglein mit Wein oder anderen Getränken, ein Lämpchen, ein Schlüssel oder eine Münze wurden beigegeben.

Hadrian blickte über den Friedhof hin: „In ihren schmucklosen Gräbern ruhen sie so sanft." sprach er zu seinen Begleitern, „wie jene Toten, über denen sich an der appischen Straße Marmorhäuser und Denkmäler erheben.

8. Kapitel - Der Beschluss

Nur langsam klommen die speerbewaffneten Männer die steilen Pfade empor, die durch dichtes Unterholz über Geröll und Felsblöcke hinauf zur Wodansburg führten. Bald standen sie vor dem mächtigen Ringwall, der, aus großen und kleinen Steinen und Balken aufgetürmt, den geweihten Bezirk des Wodanheiligtums umschloss. Durch eine mit schwerem Holztor geschlossene Lücke in dem Wall traten sie in das Innere ein. Geräuschlos ging ihr Schritt über das Moos, das den Boden bedeckte.

Es war still hier oben, nur das Rauschen der hochragenden Eichen, auf die sie jetzt zugingen, und das misstönende Geschrei des Eichelhähers, der aufgescheucht von dannen flog, unterbrach die Stille. Je näher sie dem in der Mitte des Ringwalls liegenden Teil kamen, der durch die breitwipfeligen Eichen gekennzeichnet war, umso deutlicher drang Gemurmel menschlicher Stimmen an ihr Ohr. Jetzt hielt ein hoher Plankenzaun sie auf. Sie klopften mit dem Speer an das Tor, und schon humpelte, auf seinen dicken Stab sich stützend, der alte Wolfwig herbei, der Wächter des heiligen Bezirks, mit zerzaustem Bart und wallendem Haupthaar. Die Steinkugel eines römischen Geschützes hatte ihm, als tatenlustiger Jüngling, drunten am Main im Kampf mit römischen Legionen, den rechten Unterschenkel zerschmettert, so dass er sich nur mühsam fortbewegen konnte. Er öffnete mit kurzem Gruß, und schnell traten die Krieger in das geheimnisvolle Dunkel der weithin schattenden Bäume. Bald wurde im Schatten der viereckige Holzbau des Wodantempels sichtbar, der am Rand einer kleinen Waldwiese unter tausendjährigen Eichen lag. Sah man durch die hohe offene Tür, die fast die ganze Vorderseite des Baues einnahm, so erblickte man das rohgeschnitzte Bild des Gottes mit breitkrempigem Hut und wallendem Bart. Zu seinen Füßen saßen ein Hund und ein Wolf.

Auf dem Wiesenplatz vor dem Heiligtum waren schon etwa dreihundert Männer versammelt, alle bewaffnet. In einzelnen Gruppen standen sie beieinander, eifrig in lebhaftes Gespräch vertieft. Andere saßen am Boden, das breite Schwert lag über ihren Knien, wieder andere gingen im Schatten der Bäume auf und ab. Und noch immer kamen neue dazu, bis ihre Zahl auf etwa vierhundert angewachsen war.

Da ertönte der dumpfe Ruf eines Horns. Sogleich traten die Krieger zu einem Ring zusammen, und ihre Unterhaltung verstummte. Aller Blicke richteten sich zur Mitte des Platzes. Dort befand sich eine aus unbehauenen Steinen aufgeschichtete Erhöhung, die der Oberpriester des Stammes betrat. Es war ein gebrechlicher Greis, der, gebückt und sich stützend auf einen langen Stab, von zwei jüngeren Männern hergeführt wurde. Aber neue Lebenskraft schien in den hinfälligen Körper gezaubert zu sein, als er nun zum Sprechen bereit dastand. Haupt und Brust richtete er auf, mit scharfem Blick musterte er die Versammlung und begann dann mit kräftiger Stimme:

„Zum Thing[40] versammelt ist feierlich die Gemeinde. Nun frage ich Tius, den Heger der Ordnung, ob er den Thing gewährt." Dabei warf er zwei Holzstäbchen auf ein Tuch, von denen das eine das Zeichen für 'Ja', das andere das für 'Nein' trug. Als die Stäbchen so fielen, dass das bejahende Zeichen sichtbar war, fuhr er fort: „Der Herr und Leiter des Things und des Heeres freut sich der Vereinigung der Mannen, und so gebiete ich denn zu fördersamer Verhandlung Schweigen für jeden im Ring."

---

[40] Thing: Bezeichnung für eine germanische Volksversammlung.

Nach diesen Worten trat er zurück, und Ragano nahm seinen Platz ein. In der Linken hielt er die beiden Speere mit blinkendem Eisen, mit der Rechten strich er seinen Bart. Einige Augenblicke waren seine Augen auf den Boden gerichtet, dann aber ließ er seine Blicke über die harrende Menge schweifen und fing an zu sprechen, erst langsam und jedes Wort wohl erwägend:

„Bundgenossen, Freunde! Was uns zusammenführt, das haben wir in mancher heimlichen Beratschlagung erörtert, und nichts ist geschehen, das geeignet wäre, unseren Beschluss umzustoßen. Die Vertreibung der Unterdrücker und die alte Freiheit, das sind die Worte, die wir verwirklichen wollen, das sind die Wünsche, die wir immer im Herzen tragen. Lange habe ich mich gesträubt, mit Waffengewalt unser Recht wieder zu erobern. Lange habe ich mich dem ungestümen Drängen der Jüngeren unter euch widersetzt. Nun aber scheint auch mir die Gelegenheit gekommen. Nun ist der Augenblick da, wo es gilt zu den Waffen zu greifen, zu handeln. Deshalb hört!

Ihr alle wisst, dass der Kaiser heut im Saalburgkastell weilt. Ein großes Festmahl der Offiziere wird diesen Abend zu seinen Ehren dort veranstaltet, vom Feldbergkastell, von der Kapersburg und den kleineren Nachbarkastellen sind die meisten Offiziere und ein Teil der Mannschaften zur Feier in der Saalburgfestung versammelt. Kundschafter haben mir gemeldet, dass den Soldaten heute Abend vom Kaiser reichlich Trunk gespendet wird. Im Ganzen sind etwa 1000 Mann dort zusammen. Auf der Kapersburg liegen noch ungefähr 200, etwas weniger im Feldbergkastell. Kampffähige Männer können wir etwa 1200 stellen, weit mehr, wenn unsere Botschaft die Chatten aus der Wetterau vom Hang des Wintersteins zeitig erreicht. Bis Mitternacht sind es noch 8 Stunden, hinreichend Frist, auch die Nachbarn im Weiltal zum Sturm auf das Feldbergkastell aufzubieten. Mein Plan ist nun: 1000 Mann von uns unternehmen um Mitternacht den Sturm auf die Saalburg, 100, vereint mit den Wintersteinern, versuchen die Kapersburg einzunehmen, und ebenso 100 im Bund mit den Weiltalern fällt das Feldbergkastell zu. Noch nie ist die Gelegenheit, einen entscheidenden Schlag zu tun, so günstig gewesen. Vor allem muss es unsere Aufgabe sein, des Kaisers habhaft zu werden, koste es, was es wolle. Ist er lebendig in unseren Händen, so ist unsere Freiheit gesichert. Sie wird die Bedingung sein, auf die wir ihn hin freigeben. Wie der Angriff zu unternehmen ist, das ist durch die Stammesoberhäupte zu beraten. Ich habe schlicht und einfach die Sachlage dargestellt. Nun ist es an euch, die Entscheidung herbeizuführen. Möge sie das Glück unseres Volkes sein, die Freiheit!"

Ein beifälliges Gemurmel ging durch die Menge, sich immer mehr steigernd, als Segimuntus, ein jugendlicher Stammesoberhaupt, dem ein erster heller Bart Kinn und Wange zierte, Stille anordnete. „Welcher schwere Druck," sprach er „auf uns lastet, wie sich die Unterdrückung mit jedem Jahr gesteigert hat, das wisst ihr am besten. Wir haben oft genug darüber geklagt. Aus vielen germanischen Gebieten, vom Neckar, vom Schwarzwald, von der Mosel ist bekannt geworden, dass sie sich offen empören und zu den Waffen gegriffen haben, das Joch abzuschütteln, unter das sie sich hoffnungsfreudig gebeugt und das ihnen nur Schmach und Schmerz gebracht hat. Der Kaiser selbst ist gekommen, um Frieden und Ruhe zu erzwingen, und welcher Art diese Ruhe sein wird, könnt ihr euch denken, — die Ruhe des Grabes. Schon plant er, die Grenze nicht nur durch neue Kastelle zu sichern. Ein hoher Wall und tiefer Graben mit Palisadenzaun, wie sie schon am Neckar angelegt sind, werden alles umschließen, was römisch heißt. Dahinter sollen wir wie Raubtiere hinter dem Eisengitter des Käfigs sitzen und um Erlaubnis bitten, wenn wir zu unseren Stammesfreunden in den Lahnbergen ziehen wollen. Wir sollen Steuern zahlen für alles, was wir von dort über die Grenze führen, kurz, wir sollen noch strengere Fesseln der Knechtschaft tragen, als schon bisher.

„O sähen unsere Väter, was aus ihren Söhnen geworden ist! Als sie vor fünf Jahrzehnten sich unter die Landesherrschaft der Römer begaben, taten sie es freiwillig, nicht besiegt, nicht gezwungen. Sie wollten Freunde und Bundesgenossen, nicht Unterworfene sein. So schlossen sie Verträge ab, in denen unsere Rechte und Freiheiten festgelegt waren für alle Zeiten, und der Römer hat sie beschworen, und der Germane hat wieder den Treueid geleistet. Aber wer hat den Schwur gehalten? Von Jahr zu Jahr sind unsere Rechte verringert worden, so dass wir schließlich keine mehr haben. Mit rücksichtsloser Willkür hat man sie zu Boden getreten. Wir aber haben unsere Verpflichtungen jahraus, jahrein erfüllt, wir haben nicht einmal gemurrt, als uns neue und schwerere aufgebürdet wurden.

„Aber diese Unterdrückungen müssen eine Grenze haben, und an dieser Grenze sind wir jetzt angelangt. Haltet ihr nicht Treue, ihr Römer, so fühlen wir uns auch nicht mehr an das gegebene Wort gebunden. Auf unsere Vorstellungen, unsere Klagen hat niemand gehört. Die Unzufriedenen hat man ergriffen und in Gefangenschaft genommen, und als wir uns beschwerten, hat uns der Statthalter mit Spott und Hohn fortgeschickt. Den Spott wollen wir heimzahlen mit scharfem Hieb der Streitaxt und mit wuchtigem Schwertschlag!"

Schweigend hatten alle zugehört, aber den gespannten Blicken und den blitzenden Augen sah man an, wie die Worte des Redners sie ergriffen hatten. Nun erhob sich lautes Jubelrufen, und sie schlugen die Speere rasselnd an die Holzschilde. „Krieg, Krieg!" so ging es von Mund zu Mund, und die Hand fasste fester an Schildband und Schwertgriff.

Wiederum ergriff Ragano das Wort: „Der laute Ruf der Genossen zeigt, dass die Losung Krieg lautet. Doch es soll der vortreten der anders denkt und raten will." Niemand folgte der Aufforderung. „Bevor wir weiteres beschließen," fuhr der Sprecher fort, „muss aber noch der Wille der Götter befragt werden."

Der Ring der Teilnehmer öffnete sich zum Wodansheiligtum hin, und herein trat in ein weißes, schleppendes Gewand gekleidet, das Haupt mit grünem Zweig umwunden, barfüßig die Priesterin, in der Rechten das scharfe Opfermesser haltend. Ihr folgten zwei Knechte, ebenfalls bekränzt, die ein schwarzes Füllen zu dem metallenen Opferbecken führten, das vor dem Steinwürfel des Wiesenplatzes stand. Die Priesterin hob die Hände gen Norden und murmelte ein Gebet. Dann ergriffen die Knechte das Füllen und hielten seinen Hals so, dass er über dem Becken lag. Die Priesterin trat hinzu, und mit sicherem Schnitt durchschnitt das Steinmesser den Hals des Tieres, dass das rote rauchende Blut in den Kessel niederströmte. Mit über der Brust gekreuzten Händen beschaute sie aufmerksam das Blut. Dann erhob sie die Arme wiederum und sprach: „Günstigen Ausgang gewähren die Götter, glückliche Heimkehr aus siegreichem Kampf."

„Es sei!" rief die Menge einstimmig.

Da ließ Ragano die Häupter der einzelnen Stämme an den Opferplatz rufen, und unter Voranschreiten der Priesterin schritten sie zu den gewaltigen Eichen zur rechten Seite des Heiligtums und ergriffen die Heerzeichen, die an den Bäumen in Friedenszeiten aufgehängt worden waren. Es waren Speerstangen, an deren oberem Ende aus Kupfer getriebene, vergoldete Tiergestalten angebracht waren, ein Drache, ein Wolf, dann Adler, Eber, Rabe. In gemessenem Schritt begaben sich die Träger dieser Abzeichen wieder in die Mitte des Platzes, wo der Priester in feierlichem Gebet darum bat, dass Allvater Wodan über den Seinen gnädig walten und ihren Waffen Sieg und Ruhm verleihen möge. Dann schloss er mit den Worten:

„Es gibt jetzt keine Gemeinschaft mehr zwischen Römern und uns.

Wer aber wagt, zu jenen zu halten, egal ob wehrlos, ehrlos oder friedlos, dem wird Brand und Bruch über sein Haus und Hof verhängt. Erbenlos soll er von dieser Welt schreiten und sein Geschlecht mit ihm erlöschen. Unbestattet wird der Leichnam draußen auf einsamer Heide preisgegeben, den gierigen Wölfen zum Fraß vorgeworfen!"

Schaurig klangen die Flüche, und furchtbarer Ernst lag auf jedem Gesicht.

Nach einer kurzen Beratung der Führer und wenigen knappen Befehlen an die riesige Mannschaft ging die Menge schweigend auseinander, und die Wachen, die rings in einigem Abstand von der Wallburg aufgestellt waren, um jeden Lauscher fernzuhalten, schlossen sich den Scheidenden an.

Bald lag wieder tiefe Stille über dem Versammlungsplatz. Nur die Bäume rauschten geheimnisvoll, als wollten sie sich von dem zuflüstern, was sie vorhin gehört, von Kampf und Sturm, von Tod und Verderben.

9. Kapitel - Sturm

Eine solch lärmende Nacht hatte das feste Lager in der Taunuseinsattlung noch nicht erlebt. Sonst lag schon zwei Stunden vor Mitternacht dort alles in tiefster Ruhe. Nur der gleichmäßige Schritt der Wachen dröhnte durch die stille Nacht, dann und wann kam das heisere Gebell eines Fuchses oder eines Wolfes drüben vom Wald herüber, oder das Brüllen des Viehs, das in den Ställen beim Schlachthaus untergebracht war. Heute war es anders.

Aus den geöffneten Türen der Soldatenbehausungen, aus den vom Qualm der Lichter erfüllten Räumen fiel heller Lichtschein auf die Lagerstraßen, und fröhliches Rufen drang durch die Stille.

Immer öfter wurden drinnen die Tonbecher geleert, die mit schäumendem Bier wieder aufgefüllt wurden. Des Kaisers Freigebigkeit hatte es den Truppen gespendet, und die frohe Stimmung war noch dadurch erhöht worden, dass jedem Soldaten der Sold eines ganzen Monats als Geschenk ausbezahlt worden war. Kein Wunder, dass unzählige Mal auf das Wohl des gütigen Herrschers angestoßen und ausgetrunken wurde. So manchem wurde bereits der Kopf schwer, und wenn man an den langen Reihen der Soldatenhäuschen vorüberging und durch die niedrige Türöffnung hineinblickte, konnte man schon den einen und anderen in der Ecke des Gemachs im Schlummer liegen sehen.

Auch in den Tabernae[41] des Lagerdorfs herrschte noch lautes Treiben. Da saßen in der niedrigen Kneipe auf den Holzbänken alle die grauköpfigen Veteranen, die jetzt irgendein Gewerbe trieben. Der eine war Schuster, der andere verdiente als Schreiner sein bescheidenes Brot. Ein dritter, der mit dem roten Gesicht, das ein weißer Bart umgab, stellte als Schmied mancherlei Geräte für Haus und Feld her. Nun saßen sie um den schweren Eichentisch, der durch eine von der Decke herabhängende Öllampe beleuchtet wurde, und erzählten von ihrer Soldatenzeit. Der Schuster, dem eine rote Narbe auf der Stirn brannte, berichtete von schweren Kämpfen im Bataverland, ein anderer hatte in Schottland Kriegsdienste getan, der Schmied hatte gar in Hispanien sich mit den verschmitzten Iberern herumgeschlagen. Und fleißig kreiste dabei der Becher, gefüllt mit dem Mulsum, einem Gemisch aus vier Teilen Wein und einem Teil Honig.

Missmutig vernahmen die Wachen vor dem Lager den Jubel, der von allen Seiten an ihr Ohr drang. Sie hätten auch lieber mitgebechert und gewürfelt, als hier im Dunkel der Nacht auf Posten zu stehen. Auch der Zenturio Verinus, der, eben aus dem Seitentor des Prätoriums tretend, den Helm mit dem

---

[41] Taberna: Schankstuben und Gasthäuser im antiken Rom

roten, silberdurchwirkten Helmbusch fester auf seinem Kopf zurechtrückte und den Leibgurt enger schnallte, zeigte eine recht verdrossene Miene. Er musste die Runde bei den Posten machen, während drinnen in der festlich geschmückten Exerzierhalle die Kameraden sich bei feurigem Trank ergötzen und in der Sonne der kaiserlichen Majestät wärmen durften.

Sehnsüchtiges Verlangen lag in seinem Blick, als er zu den Glasscheiben der hochangebrachten Fenster zurückschaute, aus denen heller Lichtschein drang.

Der Kaiser war sichtlich befriedigt vom Verlauf des Festmahles. Die Pause, die zum Abräumen der Speisen und der Tafelgeräte nötig war, benutzte er zu einem Rundgang in dem hinter der Exerzierhalle liegenden, von einem bedachten Gang umgebenen Hof. Hier ließ er sich die einzelnen Offiziere vorstellen. Mit jedem wechselte er huldvolle Worte, und mit strahlender Miene kehrte der, den er durch freundliche Ansprache ausgezeichnet hatte, zu seinen Kameraden zurück. Einzelnen überreichte er die phalerae[42], mit den toiqnes[43] und den armillae[44], die als Auszeichnung für treue Dienste oder Tapferkeit verliehen wurden.

Bald war die Halle in Ordnung gebracht. Mit farbigem Sand und Blumen war der Estrich des Bodens bestreut, Blumen und Kränze lagen auf den Tischen. Mächtige Metallkessel waren hereingeschleppt worden, in welche aus langbauchigen Tonamphoren der funkelnde Wein geschüttet wurde, um mit dem nötigen Wasserzusatz (drei Teile Wasser und zwei Teile Wein) gemischt zu werden.

---

[42] neun silberne Scheiben, die an einem Gehänge von Lederriemen aus der Brust getragen wurden
[43] Halsringen
[44] Armspangen

Es dauerte nicht lange, da kreisten fröhlich die Becher. Der Kommandant hielt eine zündende Ansprache auf den Kaiser, die mit Jubel aufgenommen wurde, und „Heil dem Kaiser, Heil!" hallte es vielstimmig wieder, und pflanzte sich draußen im Lager brausend fort.

Da auf einmal — was war das für ein Ton, der dumpf durch die Nacht drang, wie ferne Meeresbrandung? Ist das nicht Waffengeklirr und Stimmengewirr, das an Stelle des frohen Soldatengesangs hörbar wird? Bestürzt springen alle auf, da wird schon die rechte Seitentür, die in die Halle führt, aufgerissen, und hereinstürmt, das blutige Schwert in der Hand, Gerwin. Von der Stirn tropft ihm das Blut, ein Hieb mit einem Steinbeil hat den Helmschirm zerschmettert und seine Stirn leicht verletzt. Atemlos findet er kaum Worte: „Ein Überfall! Feinde sind da!" ringt sich mühsam aus seinem Mund.

Noch ist das Wort nicht verklungen, und schon hat der größte Teil der Offiziere die Halle verlassen, um zu ihren Abteilungen zu eilen. Dem Kaiser folgt der kleinere Teil zum Hauptausgang. Hell schallen die Trompetensignale durch die Nacht, an den Türmen flammen die Kienfackeln auf, spärliches Licht gebend, schon stürmen im Laufschritt einzelne Abteilungen auf den Wallgang. An der Porta praetoria wird gekämpft, lauter Schlachtenruf ertönt, das Tor scheint sich schon in den Händen der Germanen zu befinden. Etwa ein Dutzend der kaiserlichen Leibwächter, darunter Gerwin, hat sich nahe bei dem Kaiser aufgestellt, der zum Dekumantor geschritten ist, um von hier eine Übersicht über den Kampfplatz zu gewinnen.

In fliegendem Galopp kommt der Präfekt des Lagers herangesprengt und meldet, dass die Besatzung der Porta praetoria überwältigt und diese selbst von Germanen besetzt wurde. Gegen die beiden Seitentore rückten größere Mengen der Gegner heran. Im selben Augenblick ertönte im Lagertor wildes Geschrei, Angst- und Hilferufe, da stieg auch schon aus den leichten Fachwerkhäusern die Flamme blutrot zum Himmel hoch. Der Feind hatte die

Brandfackel in die Ansiedlung geworfen. Nun musste er auch gleich vor dem Dekumantor sein.

Dröhnenden Schrittes kamen die Soldaten, die in gewohnter Ruhe Aufstellung genommen hatten, heran und besetzten die Tortürme und den Wall. Von Hunderten von kräftigen Armen gezogen, wurden die Wurfgeschütze auf den breiten Flächen der Lagerecken aufgestellt und mit wuchtigen Holzgeschossen mit Eisenspitzen und mit schweren Steinen versehen.

Da tauchten auch schon im Dunkel, von den Flammen des brennenden Lagerdorfs grell beleuchtet, die ersten Züge der Feinde auf. Sie waren anscheinend unbewaffnet, doch trugen sie große Bündel aus Reisig- und Ginstergesträuch, die sie über den Kopf hielten, sich zugleich dadurch vor den von oben einfallenden Geschossen schützend. Bis zum Rand des ersten Lagergrabens liefen sie vor und warfen dann ihre Last in diesen. Zwar entsandten die römischen Bogenschützen und Schleuderer mit sicherer Hand ihre Geschosse, und mancher Gegner brach, vom tödlichen Wurf getroffen, zusammen, aber immer neue Ersatzmänner traten an seine Stelle. Schon war der äußere Graben gangbar gemacht, der zweite an manchen Stellen ebenfalls bereits ausgefüllt. Nun rückten auch die germanischen Krieger in langen und dichtgedrängten Reihen heran. Deutlich sah man ihre kurzen Lederhosen, das Wolfs- oder Bärenfell, das über die Schulter hing, den hohen, grellbemalten Holzschild und die funkelnden Speerspitzen. Jetzt traten die Schleuderer und Bogenschützen zurück, und die Legionäre traten an die Brustwehr. Als die ersten Reihen der Germanen den breiten Graben überschreiten wollten, entsandten jene das Pilum, den gefürchteten Speer mit kurzem Schaft und langem dünnen Speereisen. Krachend drang es in die Schilde, so mancher Krieger stürzte, tödlich getroffen, kopfüber nieder. Große Lücken reißend fielen auch die Wurfgeschosse der Geschütze in die feindlichen Scharen. Aber was konnte das nützen? Sank ein Gegner, so traten zwei neue an seine Stelle. Und wie mochte es an den anderen Toren sein? Die beiden Seitentore hielten sich, aber schon drangen die Germanen ins Prätorium. Schnell hatten sie einen großen Teil der Krieger niedergemacht, als diese auf den Lärm hin, von Wein und Schlaf trunken, aus ihren Baracken hervorkamen, und siegjubelnd stürmte die Feindesschar zum Prätorium in die Exerzierhalle. Da stieß ein Krieger einen der hohen Kandelaber, an dem die kleinen Lampen hingen, mit dem Fuß um, so dass sich das brennende Öl über den Boden ergoss und die mit Fellen und Teppichen bedeckten Speisesofas in Brand setzte. Im Nu schlug die Flamme hoch auf, ergriff die Girlanden und Wimpel, und bald stand der hölzerne Dachstuhl in heller Flamme.

Ein Wind, der sich schnell zum Sturm steigerte, hatte sich erhoben und entfachte nun den Brand immer weiter, und bald war das Prätorium ein riesiges Feuermeer, aus dem prasselnd die Flammen emporschlugen und dichter schwarzer Qualm aufstieg, den der Wind zerzauste, dass er sich wie ein dunkler Schleier über den Boden lagerte, Freund und Feind in gleicher Weise verbergend.

Die Lage war für die Römer sehr bedenklich, denn auch das Dekumantor schien nicht mehr lange Widerstand leisten zu können. Vergebens entsandten die auf dem Wall Stehenden einen Hagel von Geschossen. Pilen, Steine, Schleuderbleie prasselten nieder. Unaufhaltsam drängte die Masse der Anstürmenden vorwärts. Durch ihre Schilde geschützt, die sie über die Köpfe hielten, standen sie bald unmittelbar am Tor selbst und durch die Stütze gewaltiger Balken versuchten sie das schwere eisenbeschlagene Holztor zu zertrümmern. Andere schleppten Leitern herbei und versuchten sie an die Mauer anzulegen, und wenn auch bisher noch jeder, der es gewagt hatte, in die Höhe zu klimmen, unter wuchtigen Speerstößen in die Tiefe gestürzt war, erlahmten doch bald schon die Kräfte der Verteidiger; deren Anzahl sich immer mehr verringerte.

Der Leutnant Faustinus, dem die Verteidigung des zwischen dem Dekuman- und rechten Seitentor gelegenen Wallabschnitts übertragen war, schleppte sich, von einem Soldaten gestützt, zum Präfekten, der eifrig sprechend bei dem Kaiser stand. Zu salutieren vermochte er nicht mehr, ein Speerwurf hatte seine rechte Schulter durchbohrt, und der Arm hing schlaff herunter. Er meldete, dass bereits die Hälfte seiner Soldaten kampfunfähig und in Kürze weiterer Widerstand nicht mehr möglich ist.

Noch ehe er weggetreten war, wandten sich alle Blicke dem brennenden Prätorium zu. Zur Rechten und Linken desselben, wo bisher noch größere Mengen römischer Krieger, Hilfstruppen von der Donau, dem Ansturm der durch die Porta praetoria eingedrungenen Germanen Einhalt geboten hatten, wichen diese jetzt Schritt für Schritt, und schon sah man die hochgeschwungenen Streitäxte und die blitzenden Speere der Angreifer.

Fragenden Blickes schauten sich die Offiziere der kaiserlichen Umgebung an. Sie wussten, dass es nun zum Äußersten gekommen war, und jede Hand fasste zum Schwert. Nur ein Durchschlagen durch die Feindesmassen konnte jetzt noch Rettung bringen. Die stolzen Herren, die früher den Zug zum Rhein als einen militärischen Spaziergang bezeichnet hatten, mussten nun daran denken, das nackte Leben zu retten durch schmähliche Flucht.

Schon bildete sich ein dichter Ring von Offizieren, Leibwächtern und zurückgedrängten Soldaten um den Kaiser, der finsteren Blickes, doch ruhig prüfend, die Lage musterte. Da stürzten krachend, dumpf dröhnend die schweren Holzflügel des Dekumantors ein, und wie eine Riesenwoge ergossen sich durch seine Öffnung die siegjubelnden Scharen der Feinde, die ganze Menge der Römer umflutend. Wie reißende Wölfe warfen sie sich auf diese. Wüst sausten die Streitäxte auf die goldschimmernden Helme des kaiserlichen Gefolges. Gerwin, der mit den Leibwächtern unmittelbar vor dem Herrscher stand, erkannte, dass die Hauptmenge der Gegner, die das Dekumantor erbrochen hatten, sich bereits innerhalb des Lagers befand, und dass gerade beim Tor selbst die wenigsten Angreifer geblieben waren. Er trat deshalb vor den Kaiser und machte ihn in fliegenden Worten darauf aufmerksam.

Hadrian sah, dass, wenn überhaupt, nur hier ein Durchbruch möglich sei. Er gab Gerwin und den in seiner Nähe stehenden Offizieren einen Befehl. Die Leibwächter nahmen schnell eine keilförmige Stellung ein, die Umgebung des

Kaisers schloss sich an, diesen in die Mitte nehmend, und wuchtige Schwerthiebe austeilend, drängte sich der Keil auf den Ring der Feinde zu.

Einen Augenblick stutzten die Germanen, aber der kurze Moment genügte, eine Lücke in die Front der Gegner zu reißen. In raschem Zug stürzte die kleine Schar zum Tor hin. Viele fielen, aber es gelang schließlich etwa einem Dutzend, bis zur Torbrücke über die Gräben zu gelangen. Schon drängten die Feinde, welche die Lücke wieder geschlossen hatten, nach.

Da kommt auch noch ein kleiner Trupp Germanen von vorn, mit gesenkten Lanzen stürmen sie heran, den Weg zu versperren. Einer hat anscheinend den Kaiser erkannt. Mit wuchtigen Hieben schlägt er zwei Offiziere nieder, und auf den Kaiser losspringend hebt er schon das blutbefleckte Schwert.

Gerwin bemerkt es. Noch ehe es niederfällt, reißt er den Herrscher zurück und versucht den Hieb mit seiner Klinge zu parieren. Aber er pariert zu kurz, das Schwert saust nieder, trifft seinen Helm und von dessen Rand abgleitend, fährt seine Klinge ihm über die rechte Wange, diese spaltend, dass ein roter Blutstrom ihm über Hals und Panzer niederrinnt. Gleichzeitig gelingt es ihm aber, mit seinem wuchtigen Kurzschwert rasch genug zustoßen und dem Angreifer zu durchbohren, so dass dieser röchelnd zusammenbricht. In einem Augenblick hat sich der Vorgang abgespielt. Nun drängt die verzweifelte Schar weiter vorwärts.

Da erblickt Gerwin im Flammenschein des brennenden Lagerdorfs ein Pferd, das sich anscheinend aus seinem Stall hatte flüchten können, als das Feuer das Schindeldach erfasste. Mit einigen weiten Sprüngen hatte er es erreicht, fasste es am Halfter und riss es vor den Kaiser hin. In wenigen Worten bedeutete er ihm, es zu besteigen, und wies mit der Hand in die Richtung, die er einschlagen sollte.

Der Herrscher warf noch einen tieftraurigen Blick auf das Lager, aus dem das wilde Geschrei der Kämpfenden zu ihm drang, drückte Gerwin dankend die Hand und sprengte dann durch die Nacht Richtung Süden.

Diejenigen, die mit dem Kaiser durch das Tor gelangt waren, mussten bereits den Kampf wieder aufnehmen. Doch gelang es den meisten Offizieren und einigen Soldaten, durch die Trümmer der Kanabae[45] flüchtend, die Landstraße zu erreichen, die zur nächsten Römeransiedlung, nach Heddernheim am Nidaflüsschen, führte.

Gerwin, der infolge des Blutverlustes das Schwert nicht mehr führen konnte, deckte mit einigen der Leibwächter den Rückzug des kaiserlichen Gefolges. Dann sank er ohnmächtig nieder. Obwohl dunkle Wolken den Himmel verhüllten, konnte der Kaiser im Galopp weiterreiten. Es war ihm geglückt, auf die Heerstraße zu kommen, die schnurgerade von der Saalburg zum Main lief. Immer weiter entfernte er sich vom Ort des Überfalls und schon bald vernahm sein Ohr nichts mehr von dem Kampfgeschrei und Toben, aber als er, um dem erschöpften Ross einige Erholung zu gönnen, im Schritt ritt und sich umwandte, sah er drei feurige Säulen von dem langgestreckten Taunuskamm aufsteigen. Nun wusste er, dass nicht nur die Saalburg, sondern dass auch die Nachbarkastelle in Flammen aufgegangen waren. Ein vae victis![46] entrang sich seinen Lippen. Grimmig gab er dem Pferd die Sporen und sprengte weiter durch die Nacht dahin.

---

[45] Kanabae: so wurde das zivile Lagerdorf bei römischen Legionslagern genannt
[46] vae victis! (lateinisch): Wehe den Besiegten!

10. Kapitel - In Heddernheim

Die braven Bürger der Kleinstadt Nida, die, von hohen Mauern mit Türmen umgeben, an die Stelle eines früheren Kastells getreten war, hatten sich bereits zur Ruhe begeben. In den engen Gassen, die kaum breit genug waren, ein Lastenkarren hindurchzulassen, herrschte tiefes Dunkel. Auch ein erleuchtetes Fenster war selten sichtbar, denn wie in Italien, so waren auch hier die nach der Straße zugehenden Häuserwände meist ohne Fensteröffnungen. Der Nachtwächter ging dröhnenden Schrittes die Häuserfluchten entlang, sorgsam ausschauend, ob sich nicht irgendwo Feuerschein oder Diebsgesindel zeigt.

An der Wirtschaft 'Zum roten Hahn' blieb er stehen. Drinnen saßen noch im kleinen Hinterzimmer, wie allabendlich, einige seiner Freunde, der Töpfermeister Honoralus, der tagsüber fleißig Tontöpfe formte und brannte, bis spät in die Nacht hinein aber den Durst löschte, den er am heißen Brennofen bekommen hatte, der Stadtschreiber Lucius Cornelius Rufus mit dem Fuchsgesicht, neben diesem der dicke Bäckermeister Proculus mit den Hängebacken, den seine Zunft schon dreimal zum Ratsherrn aufgestellt hatte, der aber jedes Mal bei der Wahl gründlich durchgefallen war, weil die Bürger es vorgezogen hatten, den um ihr Städtchen so hochverdienten Rhetor Lupus fast einstimmig zu wählen. Nun hielt er es mit dem Schreiber, der noch unzufriedener als er war, und schimpfte über die Undankbarkeit der Menschen, denen man die größten Brote backe und die einem nicht einmal ihre Stimme bei der Ratsherrenwahl geben wollten.

Der Vierte im Bunde war der graubärtige Feldwebel mit dem Holzfuß, Muginus, der eine wohlhabende Witwe geheiratet hatte, so dass er nun als kleiner Rentner leben konnte. Er war gerade wieder dabei, eins seiner Kriegsabenteuer zu erzählen: „Als wir da unten am Neckar kämpften, gelang es dem neben mir stehenden Unteroffizier Bassus nicht, den Hieb eines germanischen Langschwerts zu parieren. Was geschah? Durch den Hieb verliert er die Nase. Er aber, nicht faul, bückt sich, ergreift das edle Riechorgan, drückt es mit seinem Schnupftuch fest an seinen alten Platz und lässt sich von mir noch einen Verband um Tuch und Nase legen. Nach drei Tagen, als wir den Verband abnahmen, war die Nase fest angewachsen, nur mit dem Unterschied, dass nun die Nasenlöcher nach oben standen, da er sie verkehrt angedrückt hatte. Aber daran war nun nichts mehr zu ändern. Er gab sich auch zufrieden, nur ein Umstand genierte ihn ein bisschen: Wenn er sich nämlich die Nase putzen wollte, musste er sich auf den Kopf stellen!"

Ein lautes Gelächter der ungläubig dreinblickenden Trinkgenossen folgte. Befriedigt schmunzelnd wollte der schwatzhafte Kriegsmann, nachdem er sich durch einen kräftigen Trunk gestärkt hatte, einen neuen Schwank zum Besten geben, da wurde heftig an die Haustür gepocht, so heftig, als sollte das Holz unter dem eisernen Türklopfer in Stücke gehen.

Bestürzt und nichts Gutes ahnend sprangen die Zecher auf und stürmten zum Eingang. Vor ihnen stand, in seinen Zügen selbst Schrecken verratend, der Wächter und deutete zu den fernen Waldhöhen, auf denen roter Flammenschein sichtbar wurde. Und horch! Klang das vom Forum her nicht wie Kriegssignal? Zusammen mit dem Wächter eilten die vier zum Marktplatz hin, an dessen einer Seite die Kaserne lag.

Da war ein buntes Gewimmel von Bewaffneten und Unbewaffneten. Auf dem Platz vor der Kaserne und in deren geräumigen Hof ging es lebhaft zu. Die Trossknechte zogen die Rosse aus den Ställen. Reiter machten sich an Rüstung und Sattelzeug zu schaffen. Offiziere eilten zu Fuß und zu Pferd zu ihren Abteilungen, die sich schnell zu ordnen suchten.

Der Bürgermeister mit einigen Ratsherren, die eine noch recht verschlafene Miene machten, stolzierte in weniger würdigem Schritt als sonst über den

Forumsplatz, um mit dem Kommandeur der Garnison Rücksprache über die Verteidigung der Stadt zu nehmen. Aus den drei Toren, die in die Kaserne führten, zogen einzelne Trupps Bewaffneter zur Verstärkung der Torwachen: Boten sprengten hinaus zum Südtor, um den Besatzungen am Main von dem neuen Überfall zu berichten. Aber so sehr die einzelnen mit sich selbst beschäftigt waren, ihre Blicke richteten sich immer wieder zur Taunushöhe, wo die unheimlichen Feuersäulen an Glanz und Ausdehnung noch zuzunehmen schienen.

Auf Befehl des Kommandeurs eilten im Sturmschritt alle verfügbaren Truppen zum Nordtor, und von da ging es, so schnell es die Kräfte der Leute gestatteten, der Saalburg zu.

Nun galt es zu retten, nicht die Festung auf der Berghöhe. — die war früher schon manches Mal in Flammen aufgegangen, — nicht das Leben der römischen Kriegerscharen, — dafür waren sie Krieger, dass sie es bis auf den letzten Blutstropfen verteidigen und sterben konnten, — sondern das Leben des Kaisers, des Herrn aller, dessen geheiligtes Haupt zu schirmen und zu erhalten, ein jeder gern Leib und Leben preiszugeben entschlossen war. Schon hatte der Vortrab die dem Gebirge vorgelagerte Ebene durchschritten, ohne dass irgendetwas von Feinden zu erkennen war.

Da wurde, als sie zu dem mit hohem Gebüsch bewachsenen Waldrand kamen, Pferdegetrappel hörbar. Sofort formierte sich die Schar in Kampfordnung. Die Hand lockerte das Schwert in der Scheide und griff fester zum Speer. Römische Rufe ertönten. Das konnten keine Germanen sein. Erwartungsvoll ließ man die Reiter herangaloppieren. Kurz vor der Schlachtreihe parierten sie die abgetriebenen Pferde, denen der Schaum in dicken weißen Flocken vom Gebiss niederfiel. Zitternd vor Anstrengung standen die Tiere, und die zwei Reiter sprangen herab. Es war der Zenturio Verinus, der, als er auf der Runde zu dem etwa 500 Schritt nordwärts des

Saalburglagers stehenden Posten vorreiten wollte, von den im Hinterhalt liegenden Germanen überfallen worden war. Es gelang ihm, sich durchzuschlagen, ebenso dem einen Soldaten, der ihn begleitete, der andere lag mit zertrümmertem Schädel im Dickicht des Waldes. Ins Lager selbst konnte er nicht mehr, da er überall in weitem Umkreis um dieses Feinde wahrnahm. So sprengte er denn auf Waldwegen dem Süden zu, um schnelle Hilfe herbeizuholen.

„Wo ist der Kaiser?" Das war die erste Frage aller, aber er konnte sie nicht beantworten. Also weiter voran in noch weiter beschleunigtem Schritt, wenn auch die Straße anstieg und das Herz schneller pochte und manchem der Atem schier ausging. Wieder Hufschlag in der Ferne. Ein einzelner Reiter muss es sein.

Der Befehlshaber der kleinen Schar, der sich Verinus angeschlossen hat, reitet vor. Da taucht er schon vor ihnen auf. Trotz der Dunkelheit erkennen sie einen leuchtenden Kriegsmantel, da vernimmt ihr Ohr auch schon römische Laute. Sie geben ihren Gäulen die Sporen, und schnell halten sie vor dem barhäuptigen Reiter.

Es ist der Kaiser.

Schweiß tropft von seiner Stirn nieder, sein Atem ist schwer, und keuchend vermag er kaum die Offiziere zu begrüßen, die von den Pferden springen und mit tiefer Verbeugung vor den Herrscher treten. Ist das der stolze Herr der Welt, der heute Morgen noch mit glänzendem Gefolge durch die Stadt geritten war? Wo sind seine Getreuen, die Tribunen und Legaten und Senatoren, die neben ihm prunkten und gleißten, als wären es Heroen, die in köstlichster Rüstung aus olympischen Höhen auf die Erde niedergestiegen waren?

In kurzen Worten unterrichtet der Herrscher die Offiziere über die Lage. Er besteigt das Pferd des Kommandeurs und reitet dann mit der Truppe wieder den Berghang hinauf.

Bald nahen zersprengte Soldatenhaufen, die an den beiden Seitentoren gekämpft und sich durchgeschlagen haben. Der größte Teil von ihnen ist verwundet, ein Teil hat Schild und Helm weggeworfen, um besser fliehen zu können. Auch einige Offiziere und Leibwächter kommen zu Fuß heran, sie gehören zum Gefolge des Kaisers, welches die Flucht durch das Dekumantor unter dem Schutz der kaiserlichen Leibwache geglückt war. Hadrian reichte einigen die Hand. Auch von ihnen blutet mancher. Die Germanenäxte und Langschwerter haben ihre Schuldigkeit getan.

Eiligen Blicks mustert der Fürst die Leibwächter — sein Auge erblickt nicht den, welchen er sucht, den Getreuen, der den tödlichen Hieb von ihm abgewehrt und ihm das Pferd zugeführt hat, welches ihm die Flucht und Rettung ermöglichte.

„Wo ist Gerwin, der Leibwächter?" fragt er in einem Ton voller Mitgefühl, aber keiner kann ihm genaue Auskunft geben. Nur einer hat gesehen, wie er gestrauchelt und zu Boden gestürzt ist.

Je weiter die Truppe vorrückt, umso mehr vergrößert sich die Zahl der Geretteten. Auch viele Frauen und Kinder der Bewohner des Lagerdorfs sind darunter. Sie haben nichts als das nackte Leben gerettet. Ihr bisschen Habe ist mit ihren Häuschen in Flammen aufgegangen.

Dann verstreicht geraume Zeit. Es kommt keiner mehr. So sind wohl sechshundert Krieger der Wut der Feinde zum Opfer gefallen, falls sich nicht noch manche in die Umgebung des Lagers gerettet und in den dichten Wäldern verborgen haben. Nach kurzer Beratung wird beschlossen, den Rückzug anzutreten. An einen Vorstoß gegen die weit stärkere Germanenmacht mit so schwachen Kräften ist nicht zu denken.

Und so geht es denn in stillem Zug zurück zur befestigten Stadt an der Nida. Die Verwundeten hat man auf die Pferde der wenigen Berittenen und der Hilfsreiter gesetzt, andere wurden von ihren Kameraden geführt, und so zog die traurige Schar ins Nordtor, wo sich mittlerweile Hunderte von Bürgern in Neugierde und banger Erwartung versammelt hatten.

11. Kapitel - Die Siegesfeier

Die Römerfestungen waren gefallen. In Schutt und Asche lagen ihre Holzbauten, niedergerissen war die Brustwehr der Umfassungsmauer, rauchgeschwärzt erhoben sich die Mauertrümmer der wenigen Steinbauten im Lagerinnern. Noch stieg aus den Aschenhaufen leichter weißlicher Rauch auf, und die paar germanischen Krieger, die eben durchs Lager streiften, mussten vorsichtig einherschreiten, damit das Leder ihrer Schuhe nicht versengt wurde. Scherzend und lachend hoben sie da ein römisches Kurzschwert auf oder zertrümmerten dort ein Ton- oder Glasgefäß, das sie auffanden. Den größten Jubel aber erregte es, wenn sie eine Statue antrafen, die, wenn auch zu Boden gestürzt, noch unversehrt war. Mit mächtigem Schwung flog da die eiserne Streitaxt auf den Marmor, und in zahllose Stücke zerschellte das Standbild der Lagergottheit oder des Kaisers, das vor dem Lagerheiligtum seinen Platz gehabt hatte. Die Kriegskasse, die hier in unterirdischem Raum verborgen gehalten war, war bereits geraubt und ihr reicher Inhalt verteilt worden.

So waren sie zur Porta praetoria gekommen, wo in den Gräben neben halbverbrannten Reisighaufen noch viele Leichen erschlagener Römer sichtbar waren. „Futter für die roten Füchse!" höhnte einer der Germanen. Eine größere Zahl der Gefallenen hatte man in die Flammen der brennenden Gebäude geworfen.

„Bald steht die Sonne im Mittag," sprach der eine der Krieger, „die Zeit mahnt, zur Höhe zu steigen." So wandten sich denn die drei gen Sonnenaufgang und begannen auf schmalem Waldpfad zu dem das Lager überschauenden Bergkamm weitausgreifenden Schritts emporzusteigen.

Auf der Kammhöhe angelangt, vernahmen sie Singen und Jubelrufe, Schon betraten sie die breite Waldschneise, die von Hunderten von Menschen belebt war. Alle strebten offensichtlich einem Ziel zu, dem Ringwall. Je näher sie kamen, umso mehr wuchs die Zahl der Wanderer, die Männer sämtlich bewaffnet, die linke Hand im Schildband, in der Rechten der Speer. Über das linnene Untergewand war ein Wolfs- oder Otterfell geschlagen, ein Gürtel aus goldglänzenden Bronzescheiben hielt den Rock über den Hüften zusammen. Mancher Krieger war von Frau und Kindern begleitet, die barfüßig neben der Mutter her trollten. Einige Männer hatten Arm oder Kopf verbunden. Auf allen Mienen lag Stolz und Freude. Mit frohem Zuruf begrüßten sich die Bekannten, als sie in den Mauerring eintraten. Innerhalb desselben war um die Opfersteine ein weiter Raum mit Stangen und Zweigen abgesteckt, in den nur die Krieger eintraten. Frauen und Kinder ließen sich außerhalb dieses Platzes nieder, plauderten und scherzten oder erquickten sich an den mitgebrachten Vorräten.

Ein dumpfes Hornsignal rief die Männer zur Versammlung. Das laute Gespräch verstummte. Feierliche Stille lag über der Menge. Alle Augen waren auf die Holzhalle gerichtet, welche die Bilder der Götter barg. Dort öffnete sich der Kreis der Krieger. Weihevoller Gesang ertönte. Bald sah man die Sänger, die zu vieren einherschreitend sich zur Mitte des Wiesenplatzes begaben. Ihnen folgte, ganz in weißes Gewand gekleidet, dass von einem aus kleinen Eisenringen bestehenden Gürtel gehalten wurde, die grauhaarige Priesterin mit einer Anzahl Jungfrauen, deren bekränztes Haar lang herabwallte. Dann kamen germanische Jünglinge, welche die mit Eichenlaub geschmückten Kohortenfeldzeichen trugen. So sehr man sie sonst beachtete, heute wurden alle Blicke auf die Schar der Gefangenen gelenkt, welche mit auf dem Rücken gefesselten Händen zu zweien daherkamen, Manche, die verwundet und zu schwach waren, allein einherzugehen, wurden von Knechten geführt.

Traurig sahen sie aus, die Armen. Die flotten Offiziere, die so oft hoch zu Ross mit höhnischem Blick auf die Germanen niedergeschaut hatten, senkten nun, blass und verschüchtert, das Haupt. Gelassener blickten manche der Soldaten drein. Es waren meist Gallier oder Germanen von der Donau und dem Bodensee in der Tracht der römischen Hilfstruppen. Ihre Züge verrieten, dass sie sich ergeben in das Unvermeidliche fügten. Doch trug auch mancher trotzig den Kopf hoch.

Nichts von Furcht und Schrecken zeigte auch der stattliche Riese, der die Uniform der kaiserlichen Leibwächter trug. Zwar war sein Antlitz bleich und sein Gang wankend, wer aber das blutgetränkte Linnen sah, das seine fahle Wange umwand, wusste, dass nur gewaltiger Blutverlust die Farbe des Kriegers geändert hatte.

Eine Bewegung ging durch die Menge.

„Ist das nicht Gerwin, Udalfrids Sohn?"

„Ja gewiss, Verrat hat er geübt an Sippe und Stamm!"

„Schade für einen solchen Prachtkerl!"

So ging's von Mund zu Mund, und aus manchem Blick sprach Mitleid mit dem Gefangenen.

Der Zug war zum Stillstand gekommen. Der Ring der Männer schloss sich wieder. Nun trat die Priesterin an den Steintisch, und die Hände hoch erhebend, das Angesicht gen Norden wendend, betete sie:

„Allvater Wodan und ihr anderen siegverleihenden Götter! Wenn je ein heißes Dankflehen emporstieg zu euren lichten Höhen, so ist es unser Dank, den freudig heute Herz und Hand euch darbringen. Schutz und Schirm seid ihr gewesen, ihr habt der Faust Stärke verliehen und dem sausenden Speer Flügel gegeben, in die Herzen der Krieger habt ihr Mut geflößt, dass sie wie Sturm und Flammen über die Feinde kamen. Zerstört sind die Zwingburgen, am Boden liegen die Toten, zersprengt und geflohen sind die Lebenden. So rufen wir denn Dank aus bewegtem Herzen, und ein Dankesopfer für euch sollen die Gefangenen sein."

Gesenkten Hauptes hatten alle zugehört. Nun schlugen die Männer mit Streitaxt oder Speer an die Schilde, und freudiger Zuruf von allen Seiten wurde laut. Als wieder Ruhe eingetreten war, erhob die Priesterin von neuem ihre Stimme. Sie befahl die Gefangenen vorzuführen. Mit den Fremden in römischem Sold sollte angefangen werden, die Offiziere aber zuletzt als blutiges Opfer fallen.

Zwei sich heftig sträubende schwarzhaarige Jünglinge von gelblicher Gesichtsfarbe, sichtlich Gallier, wurden zuerst herangeführt. Von kräftigen Fäusten gepackt, wurden sie auf den Steintisch gezerrt und der Kopf so gehalten, dass er sich über dem eisernen Becken befand. Die Priesterin murmelte einige Sprüche, dann wurden sie das Opfer ihres scharfen Steinmessers. Entsetzt wandten die anderen Gefangenen ihre Blicke weg, verzweifelt suchte manche Hand die Fessel zu sprengen. Vergebens, einer nach dem anderen musste in jammervollem Tod verbluten.

Etwa zehn waren schon als Opfer dargebracht worden, als Gerwin herbeigeführt wurde.

Noch war er einige Schritte von dem blutbenetzten Opfertisch entfernt, als ein schriller Schrei die Luft durchschnitt und in fliegender Eile eine Jungfrau die Schranke durchbrach, welche den Kreis der Krieger umgab. „Gnade, Gnade!" schrie sie und stürmte durch die Reisigbüschel zur Mitte des Platzes auf Gerwin los. Sie legte ihre Rechte auf seine Schulter und rief mit lauter

Stimme, dass es jedes Ohr vernehmen konnte: „Wenn ihr ihn opfert, mordet ihr!"

Fragend sahen sich die Umstehenden an. „Ist denn die Tochter des alten Ragano von Sinnen? Was hat sie mit dem Verräter?" Da trat Guntram aus dem Ring. „Entferne dich," sprach er ernst, „aus dem Rat der Männer und störe nicht das Opfer der Götter. Der hier steht, ist unseres Blutes, aber er hat es schmachvoll verleugnet und ist heimlich zum Feind übergetreten, dessen Waffen er gegen seine eignen Stammesgenossen geführt hat."

„Nein, und nochmals nein." entgegnete Gerlinde, „Ihr wisst nicht, weshalb er dem römischen Dienst verpflichtet war, und du, Vater, hast es nicht hören wollen, als er dir gestern berichten wollte. So vernehmt es denn jetzt: Gerwin, von dem ihr glaubt, dass er heimlich in römische Dienste getreten sei, ist kein Verräter! Schon lange hat er um meine Hand zum Ehebund gebeten. Ich war ihm in Liebe zugetan. Aber der Vater wollte nicht, dass ich, noch so jung, sein Haus verlasse, um eines anderen eigen zu werden, und so wies er Gerwin von Hof und Schwelle seines Hauses, und verbot mir bei Leibesstrafe jeden Verkehr mit ihm.

„Heimlich trafen wir uns doch am Lurenquell. Eines Morgens wartete ich wieder auf ihn. Da kam über die Waldwiese ein römischer Offizier geritten, der sich mir schon früher zudringlich genähert hatte. Als er mich bemerkte, sprang er vom Pferd, um sich zu mir zu setzen. Ich wies den Zudringlichen, seines Wegs zu gehen. Doch er ging in seiner Frechheit so weit, dass er seinen Arm um mich legte, ich rief nach Hilfe und versuchte mich seiner Umarmung zu erwehren.

„In demselben Augenblick erschien Gerwin. In gewaltigen Sprüngen stürmte er mit gezücktem Speer auf den Unhold los. Schon wollte er ihn niederstoßen, da sprangen einige Soldaten hinzu, fassten Gerwin und rissen ihn zu Boden. Unter Hohnreden wurde er gefesselt und fortgeschleppt, während es mir glückte, zu entfliehen. Zum Tod sollte der Gefangene geführt werden. Zum Kampf mit den wilden Tieren wurde er begnadigt und nach Rom gebracht. Aber Wodan beschützte ihn, und so bestand er die Todesgefahr, und der Wille des Kaisers schenkte ihm das Leben. Der Wille des Kaisers machte ihn zum Beschützer seiner Person, dem Kaiser musste er den Treueid schwören."

Sie hatte die letzten Worte mit erhobener Stimme gesprochen, dann aber fuhr sie fort, indem sie auf einen der Gefangenen in der vordersten Reihe wies.

„Und wollt ihr einen Zeugen haben, dass ich die Wahrheit gesagt habe, blickt dorthin. Der Offizier da im roten Kriegsmantel ist es, der Gerwin fesseln und fortschleppen ließ!"

Der Offizier, als er sah, dass jetzt alle Blicke auf ihn gerichtet waren, erbleichte, obwohl er nicht verstand, was die Jungfrau sprach. „Die Götter strafen hart!" murmelte er vor sich hin, als er die Jungfrau erkannte.

„Tritt vor!" gebot ihm Ragano, „Auch du, Gerwin!"

Die beiden standen einander gegenüber. Der Germane ließ einen verächtlichen Blick über ihn gehen, dann fragte Ragano den Römer in lateinischer Sprache, ob er Gerwin und die Jungfrau kenne und ob wahr sei, was das Mädchen berichtet hat. Dabei wiederholte er ihm die Hauptpunkte ihrer Aussage. Der Offizier merkte, dass er selber, mochte er leugnen oder nicht, dem sicheren Tod nicht entgehen konnte, aber er sah auch, dass es sich hier um das Leben eines anderen, eines Unschuldigen handelt, und so schilderte er kurz den Hergang, in allen Punkten die Aussage der Jungfrau bestätigend.

Ragano wollte wieder das Wort ergreifen, da trat Falko aus dem Ring, um zu reden. Viele glaubten, dass er gegen Gerwin sprechen werde, denn man wusste, dass Gerlinde seine Werbung um Gerwins Willen zurückgewiesen habe. Nur wenig sprach er:

„Ich erinnere euch daran, dass gar manche von euch einst freiwillig römische Dienste genommen und für die römische Sache gefochten haben, ja mancher hat es zu ehrenvollen Auszeichnungen und zum Rang eines Offiziers gebracht. Solange wir im Frieden mit den Römern lebten, hat keiner darin Schmach oder Schande gefunden. Niemand hat einen, der in ihrem Sold stand, Verräter geschimpft. Auch Gerwin hat in römischem Dienst gestanden, aber nicht freiwillig, sondern gezwungen. Er hat dem Kaiser, der noch vor wenigen Tagen sein und unser Herr war, den Treueid geleistet, und er hat ihn gehalten, treu, wie ihr es nur von einem der Euren verlangen könnt. Leib und Leben hat er in die Schanze geschlagen für den, dem er Treue gelobt hat. Ist er also ein Verräter, auch wenn er gegen die Seinen das Schwert ziehen musste? Und nun frage ich dich, Ragano, frage ich euch, Genossen, hat etwa einer von euch ihn gewarnt oder ihn mit dem vertraut gemacht, was bevorstand?"

Alle schwiegen.

„So hat er also nur seines Herrn Leben geschirmt, wenn auch gegen seine Landsleute, fest in Treue, wie sie die Götter von jedem von uns verlangen. Darum können sie auch sein Leben nicht verlangen: ein solches Opfer wird ihnen nicht wohl gefallen! Man befrage die Lose!"

Lautes Beifallsrufen erschallte nach diesen Worten. „Die Lose, die Lose!" rief man ungestüm von allen Seiten. Ragano winkte der Priesterin. Sie breitete ein weißes Linnentuch auf den Boden aus, nahm aus einem Säckchen eine Handvoll kleiner Holzstäbchen, aus denen schriftähnliche Zeichen eingeschnitten waren, und warf sie auf das Tuch. Dann trat sie näher hinzu, musterte mit aufmerksamem Blick die Lose und begann sogleich:

„Runen raunen uns göttlichen Rat: Führt den Gefangenen fort vom blutigen Steintisch auf dass er leben soll!"

Die Priesterin hatte geendet.

„Der Wille der Götter war stets unser Wille," hub wiederum Ragano an, „sie raten uns auch heute wieder das Beste. Schenken wir denen das Leben, die geopfert werden sollten, so haben wir kostbare Pfänder in Händen, wenn sich die Römer mit uns in Verhandlungen einlassen. Denn sie werden wiederkommen mit gewaltigen Heeren, da wird es gut sein, wenn wir außer Streitaxt und Speer noch andere Waffen in der Hand haben. Unter jenen sechzig oder siebzig seht ihr Söhne des römischen Adels, deren Tod nur stärkeren Hass bei ihren Vätern und Landsleuten entflammen würde. Schonen wir ihr Leben, so zeigen wir, dass wir nicht rohe Barbaren sind, wie sie uns beschimpfen, wenn wir auch nicht in prunkendem Panzer oder Toga mit purpurnen Rand einherschreiten."

„Es sei, es sei!" rief der Rat.

Da leuchteten Gerlindes Augen hell auf. Sie trat zu Gerwin, der sie gern umfangen hätte, wenn die Arme ihm nicht gefesselt gewesen wären. Entschlossen riss sie einem der neben ihr stehenden Krieger den Dolch aus der Scheide und zerschnitt die Lederriemen, die um die Knöchel der Handgelenke geschnürt waren.

„Heilo, Heilo!" rief da die Menge, und die Frauen und Kinder kamen in den Ring, und die Freunde und Verwandten begrüßten Gerwin und die mutige Tochter Raganos.

Der aber stand noch abseits und tat, als ob er es nicht sehen würde, eifrig Rat pflegend mit einigen Häuptern des Stammes.

Bald flammten die Feuer unter den großen Kupferkesseln empor, in weitbauchigen Krügen trugen die Weiber Wasser aus der nahen Felsenquelle herbei, fünfzehn Rosse wurden geschlachtet, und bald kochte ihr Fleisch in der brodelnden Brühe. Männer und Frauen hatten sich umhergelagert, die kupferbeschlagenen Hörner des Auerochsen, gefüllt mit Bier, machten die Runde, froher Gesang ertönte, und als gar die eroberten Feldzeichen an den Eichen des Opferplatzes angebracht wurden, von denen die gebleichten Schädel mancher geopferten Pferde herabschauten, da kannte der Jubel keine Grenzen. Noch lange währte Mahl, Gelage und Tanz, und nur mühsam fand mancher der Zechgenossen heim. So mancher sank auch schon, ehe er die strohbedeckte Hütte erreicht hatte, an den Wurzeln einer hohen Buche oder Fichte ins weiche Moos und schlief hier, bis ihn am anderen Morgen die warme Sonne mit blendendem Strahl weckte.

12. Kapitel - Verhandlungen

Der Kaiser war nach Mogontiacum abgereist. Alle verfügbaren Truppen waren zur Verstärkung der Kastelle längs des Mains abgesandt worden. Es galt, sie zu halten, um ein weiteres Vordringen germanischer Scharen über den Fluss zu verhindern. An einen Rachefeldzug gegen diese war vorläufig nicht zu denken, denn Legionen vom Neckar oder Niederrhein konnten nicht herbeigezogen werden, da Unruhen in jenen Gebieten deren Anwesenheit nötig machten. So beschloss Hadrian durch Unterhandlungen mit den Taunusgermanen das alte Verhältnis womöglich wiederherzustellen, zudem zu befürchten war, dass die Nachbarstämme am Rhein und an der Lahn gleichfalls zu den Waffen greifen würden, wenn sie erst von dem siegreichen

Vorgehen jener hören würden. Daher entsandte er seinen Vertrauten Ämilianus, der früher als Statthalter in Germanien so große Erfolge erzielt und bei den Germanen ein gutes Andenken hinterlassen hatte, als Unterhändler zu den Taunensern.

Und so ritt dieser eines Morgens, begleitet von zwei Dienern, aus Heddernheims Mauern der Taunushöhe zu. Germanische Händler waren bereits vorausgeeilt und hatten seine Ankunft vorher verkündet.

Noch sah sein Auge nichts, was an den Krieg und seine Schrecken erinnert hätte. Wohlbebaut breiteten sich die Fluren, auf denen das wogende Korn stand. An den Kirschbäumen, die römische Kolonialisten hier gepflanzt hatten, lachten schon die roten Früchte. Hinter Apfel- und Birnbäumen versteckt sah hier und dort eine kleine ländliche Besitzung mit ihren, roten Ziegeldach hervor. Auf der sonst so belebten Heerstraße aber war es still. Wo waren die schwerfälligen Ochsenkarren der Bauern, wo die leichten zweirädrigen Wagen der Kuriere, wo die Abteilungen römischer Kavallerie, wo die Händler, die mit ihren maultierbespannten vierrädrigen Wagen Getreide und Futter, Salz und Wein hinauf zum Gebirge brachten, wo die Soldaten, die sonst diese Straße belebten? „Zur Saalburg 1000 Doppelschritte." las er auf dem Meilenstein, der an der Straße stand. Wie mochte es jetzt dort aussehen?

Er stieß, von Neugierde getrieben, seinem Pferd die Sporen in die Flanken, und in schlankem Trab bog er nun da, wo die Straße sanft zu steigen begann, in den Hochwald ein. Bald erblickte er rechts und links vom Weg die langen Reihen der Soldatengräber, meistens nur durch einen Feldstein kenntlich gemacht. Einige Grabmäler zeigten die Ruhestätte von Offizieren an. Gleich musste auch das Heiligtum des Mithras zur Linken sichtbar werden. Er lenkte sein Ross dahin. Von der Vorhalle mit ihren buntbemalten Holzpfählen war nichts mehr zu sehen, das steile Giebeldach, das fast vom Boden an das halbunterirdische Heiligtum bedeckte, war, von Flammen verzehrt, eingestürzt. Da lagen die Altäre, da die Standbilder der Gottheiten zerschlagen an der Erde.

„Das Los des Krieges!" sprach er vor sich hin und ritt weiter, nur langsam, denn die Straße war bedeckt mit Scherben, angebrannten Balken, Trümmern der Lehmwände. Dachschiefer und Holzschindeln, die von den zerstörten Häuschen des Lagerdorfs herrührten. Seinen Weg fortsetzend, sah er mit Schaudern, wie noch ein großer Teil der Gefallenen unbeerdigt vor dem Lager verweste. Er beeilte sich, von der Stätte des Grauens wegzukommen.

Als er auf der Höhe angelangt war, bemerkte er eine Schar Reiter. Es waren Taunuschatten, die ihn zur Beratung abholen wollten. Nach kurzer Begrüßung nahmen sie ihn in ihre Mitte, und nun ging's in beschleunigtem Trab den steilen Berghang hinab.

Eine halbe Stunde mochten sie geritten sein, als die hohen, mit dem Pferdekopf geschmückten Giebel einer größeren Ansiedlung im Grün der Bäume sichtbar wurden. Es war das Gehöft Raganos, das als Ort der Beratung auserwählt worden war.

Als der Römer in die geräumige Halle eintrat, bot ihm der Stammesälteste seinen Gruß und lud ihn dann durch eine Handbewegung ein, an dem Herrentisch, der auf erhöhtem Platz an der oberen Schmalseite der Halle der Eingangstür gegenüberstand, sich neben den Vertretern der angesehensten Sippen des Stammes niederzulassen. Er verschmähte die ihm vorgesetzte Speise, dagegen erfrischte er sich durch einen Schluck Wein, den man ihm in silbernem Becher darbot. Dann forderte ihn Ragano auf, zu sprechen.

Er begann auch gleich: „Nicht als Fremder komme ich zu euch: die meisten von euch erinnern sich wohl noch, dass ich einst über ein Jahrzehnt unter euch geweilt und gewirkt habe, und ich hoffe, dass ich ohne böses Andenken an mich jetzt wiederum vor euch hintreten kann."

Aus dem Kopfnicken vieler der Anwesenden erkannte er die Bestätigung seiner Worte.

„Solange ich in eurer Mitte weilte," fuhr er fort, „war es mein Bestreben — so wie es mein kaiserlicher Herr allzeit wollte —, die Bande zwischen euch und uns enger zu knüpfen, zu unser beider Vorteil. Leider ist der Samen, den ich pflanzte und so schön aufgehen sollte, schon bald von bösem Unkraut überwuchert und unterdrückt worden. Ich will jetzt nicht untersuchen, an wem die Schuld liegt; daraus aber, dass mein erhabener Kaiser den Statthalter Valerius abgesetzt, dass er seinen Vorgänger Secundinus zur strengsten Verantwortung gezogen hat, erseht ihr, dass wir bestrebt sind, das, was von unserer Seite wirklich verschuldet wurde, wieder gutzumachen. Schwer haben die Unseren für ihren Übermut und Eigennutz büßen müssen. Viele Hunderte liegen unverscharrt, eine Beute der Raben und Füchse, bei den zerstörten Kastellen, viele Witwen und Mütter klagen über den Tod der Gatten und Söhne. Blutig, grauenhaft blutig war eure Rache. Aber muss das Rachegefühl ewig währen, muss das Racheschwert ohne Ende gezückt sein? Und glaubt ihr stets von neuem die Sieger in diesem Kampf zu bleiben? Unsere Unvorsichtigkeit habt ihr euch im günstigen Augenblick zunutze gemacht, aber meint ihr auch Widerstand leisten zu können, wenn Roms gewaltige Heere, welche die Welt erobert haben, heranrücken? Ihr baut vielleicht darauf, dass alle germanischen Stämme längs des Rheins einmütig sich erheben würden. Ein falscher Glaube. Der Aufstand am Neckar, von dem ihr gewiss gehört habt, ist blutig niedergeschlagen worden. Die Chatten an der Lahn haben gestern Gesandte geschickt und um Frieden gebeten. Von Köln her ist eine Legion unter Celsus auf dem Marsch und wird in diesen Tagen Mogontiacum erreichen. Wenn mich also der Kaiser herschickt, so haltet das nicht für ein Zeichen der Schwäche. Rom ist nie dauernd schwach gewesen, seine Hilfsmittel sind unerschöpflich, das können die von euch, die unser Land jenseits der Alpen kennen gelernt haben, bezeugen. Vielmehr will mein erhabener Herrscher lieber durch die Macht des Wortes und auf friedliche Weise das gewinnen, was ihm wohl leichter, aber vielleicht weniger ehrenvoll durch die Schärfe des Schwertes in männermordendem Kampf zu Teil werden würde. So hört denn durch mich welche Vorschläge er das gute Einvernehmen, wie es zu eurer Väter Zeit zwischen uns geherrscht hat, wieder herstellen möchte." Ein Pergamentblatt entrollend las er:

„Der Stamm der Taunuschatten bleibt unter der Oberhoheit des römischen Volkes und genießt als Bundesgenosse und Freund dieselben Rechte und Freiheiten, wie sie in dem Vertrag, der unter dem 3. Konsulat des Kaisers Trojan abgeschlossen wurde, verbrieft sind. Alle diesen Rechten widersprechenden Verordnungen sind aufgehoben."

In den Mienen der aufmerksam Zuhörenden sah Ämilianus eine gewisse Überraschung. Er merkte, dass gerade die Kürze und klare Ausdrucksweise des Schriftstücks, die keinen Winkelzügen Raum ließ, besonderen Eindruck machte. Um diesen nicht zu verwischen, übergab er Ragano das Pergament und fügte noch hinzu, dass der Kaiser innerhalb sechs Tage eine Deputation zu persönlicher Rücksprache in Mogontiacum zu empfangen bereit sei.

Ragano trat, als er beendet hat, auf ihn zu und schüttelte ihm kräftig die Hand. „Wenn wir," sprach er, „nur mit Männern wie du einer bist zu tun gehabt hätten, so wäre das Schwert in der Scheide geblieben. Aber Rom ist weit, und unsere Klagen sind nie bis zum Ohr des Kaisers gedrungen."

Noch einzelne ältere Stammeshäupter sprachen mit dem Römer, dann verabschiedete er sich und ritt, wiederum von einer Eskorte junger Reiter begleitet, der Höhe zu.

Unterdessen blieben die Stammesältesten noch in eifriger Beratung zusammen. Die schlichten, offenen Worte des Unterhändlers hatten manchen nachdenklich, manchen versöhnlich gestimmt, und Ragano fand fast aller Beifall, als er noch einmal das Wort ergriff und kurz folgendes ausführte:

„Bei allen unseren Besprechungen, liebe Stammesbrüder, ist immer wieder der Wunsch laut geworden: „Oh, kämen doch die alten Zeiten wieder! Nicht die Zeilen, wo wir jahraus, jahrein allzeit kampfbereit uns herumschlagen mussten mit germanischen wie mit römischen Grenznachbarn, in Kämpfen, welche die Blüte unserer Mannen hinrafften und unsere Habe und unseren Wohlstand immer mehr verringerten, sondern die glücklichen Zeiten, wo wir unter den günstigsten Bedingungen unter Roms Herrschaft als Freunde und Bundesgenossen in Ruhe und Frieden lebten.

„Wir Alten können es bezeugen, dass wir in diesen Jahren fast vergaßen, dass mir einst selbständig gewesen waren, und dass wir denen von den Römern Recht gaben, die die für beklagenswert hielten, die außerhalb der römischen Herrschaft lebten. Die Rückkehr solcher Tage wird uns versprochen, offen und ehrlich. Wir haben keinen Grund, den Worten zu misstrauen. Ich rate daher, die zur Versöhnung angebotene Hand anzunehmen.

„Vor allem ist es ein Grund, der mich zum Krieg bestimmte und der mich jetzt zum Frieden treibt. Als wir zu den Waffen griffen, hofften wir fest, dass unsere Grenznachbarn am Neckar, an der Lahn und weiter den Rhein hinauf einmütig sich erheben würden, hatten wir doch erfahren, dass einzelne unzufriedene Stämme sich bereits gegen ihre Unterdrücker empört hatten. Unsere Erwartung ist getäuscht worden. Ganz still sind die Unzufriedenen und die Vorwitzigen, die zu früh losgeschlagen haben, wie der Römer ohne Trug berichtet hat, blutig gezüchtigt worden. Gallische Händler haben gestern Nachricht gebracht von furchtbaren Kämpfen am Neckar, in denen der halbe

Stamm aufgerieben worden ist, während die übrigen als Sklaven weggeschleppt wurden.

„Ihr wisst, ich für meine Person fürchte nicht den blutigen Kampf, und ich freue mich, dass unsere Waffenerhebung von den Göttern so sichtbar mit Erfolg gesegnet worden ist. Aber ich halte es für verderblich für uns, den Kampf weiter fortzusetzen. Es mag uns wohl gelingen, noch einige Zeit unumschränkte Herren hier im Land zu bleiben, aber nur solange bis uns noch keine starke Heeresmacht gegenübersteht. Hat erst der Römer größere Truppenmassen zusammengezogen, was können wir dann, entblößt von jeglicher Hilfe unserer Nachbarn, mit unseren paar tausend Mann gegen die Legionen ausrichten? Zersplittern werden wir an ihnen, wie der Eschenspeer, der gegen ihre eisenbeschlagenen Schilde fährt, wie die Eiche, deren mächtigen Stamm der Blitz in tausend Stücke spaltet. Freuen wir uns also immerhin unseres Sieges, wenn er uns auch nicht, was wir erwartet hatten, den Kaiser in unsere Hand gegeben hat. Diesen Siegespreis hatten wir erhofft, um dem Feind unsere Bedingungen vorschreiben zu können. Wir sind um ihn betrogen worden! Und welches sollten diese Bedingungen sein? — Diejenigen, die uns der Kaiser jetzt selbst anbietet! Wahrlich, so sehr es uns gekränkt hat, dass der Sieg ihn nicht in unsere Hände geliefert hat, so sehr müssen wir uns freuen über sein unerwartetes Angebot, unerwartet, weil es sonst Römerart ist, gegen Friedensbrecher, wie wir es doch sind, mit Feuer und Schwert vorzugehen und die Wortbrüchigen womöglich auszurotten. Zum Besten unseres Volkes rate ich euch: Nehmt es an. Die Zukunft wird zeigen, dass es unser Glück war."

Wenn ein Mann wie Ragano so überzeugend und mit Nachdruck sprach, so konnte man versichert sein, dass sich kaum Widerspruch erheben würde.

Die Versammlung beschloss nach kurzer Beratung, drei Abgesandte zum Kaiser zu entsenden. Durch Zuruf wurden Ragano, Falko und Gerwin, welche die römische Sprache völlig beherrschten, als Abgesandte gewählt, und am zweiten Tag danach, frühmorgens, noch ehe die Sonne die Taunushöhen vergoldete, ritten sie hinab über Heddernheim, Hofheim und Kastell nach Mainz zum kaiserlichen Heerlager.

13. Kapitel - Belohnte Treue

Lange hatte sich der Kaiser im Statthalterpalast zu Mogontiacum mit den Abgesandten der Taunuschatten eingehend und überaus gnädig unterhalten. Alle ihre Forderungen, die sie stellten, hatte er bewilligt.

Als er sich von dem purpurbehangenen Stuhl erhob, um sie zu verabschieden, wandte er sich noch einmal an Ragano: „Und nun, ehrwürdiger Alter, höre, weshalb ich euch alles gewährt habe, was ihr vorgeschlagen habt."

Damit reichte er Gerwin die Rechte, zu der dieser sich nach römischer Sitte niederbeugen wollte.

„Er hat mir gezeigt, was ihr am höchsten am Mann schätzt, die Treue. Ich weiß sehr gut, dass er gezwungen wurde, wider seinen Willen in meinen Dienst zu treten, aber sein Herz hat stets nur für seine germanischen Landsleute und ihr Wohlergehen geschlagen. Aus seinem eignen Mund habe ich es gehört. Aber in der entscheidenden Stunde, als er vor der schweren Frage stand: Soll ich mein dem Herrn gegebenes Wort brechen und ihm den Schutz versagen, den ich ihm geschworen hatte? — Da dachte er nicht daran, Ruhm und Ehren bei den Seinen zu erwerben, wenn er das Schwert, das den Herrn verteidigen sollte, gegen ihn kehrte. Treu blieb er, und hat sein eignes Blut für das seines Herrn dahinströmen lassen. Bescheiden hat er vorhin, als ich allein mit ihm Rücksprache nahm, alle Ehren, die ich ihm anbot, von sich gewiesen. Sein Glück sucht er nicht darin. Es ruht anderswo. Dort, wo am Fuß des Taunus eure Eichen rauschen, unter deinem Dach, Alter, ist es verborgen. Es ist kein Gold, noch Edelstein, es ist köstlicher als dies alles — es ist deine Tochter, Ragano. Für diesen da trete ich bei dir als Freiwerber auf. Ein Kaiser bittet für ihn um die Hand deines Kindes!"

Tiefe Herzlichkeit, echtes Gefühl lag in den Worten des Bittenden. Verlegen strich sich Ragano den langen Silberbart. Die Sache war ihm zu überraschend gekommen. Er fand keine Worte, und sein Blick sah fragend zu Falko hin. Da unterbrach dieser das Schweigen und sprach: „Mir hat Ragano die Hand seiner Gerlinde feierlich versprochen, und in Gedanken sah ich sie schon als Herrin in Falkos Gehöfte hausen. Gehört ihr Herz aber dem tapferen Gerwin, so gebe ich Ragano gern sein Wort zurück. Er mag über die Hand der Tochter verfügen, wie es ihm am besten scheint."

Sichtlich gerührt trat Gerwin einen Schritt auf Falko zu und drückte ihm schweigend, während sein Blick fest und dankbar auf ihn gerichtet war, die Rechte. Auch der Alte schien freudig erstaunt über den schnellen Entschluss des jugendlichen Genossen, und so gab auch er gern und frohgemut seine Zustimmung zu dem Vorschlag des Herrschers. „Das Heiratsgut," sprach der letztere dann noch, „lass meine Sorge sein — aber einen Wunsch habe ich. Der erste Sohn der jungen Ehe soll meinen Namen führen!"

Mit diesen Worten reichte er jedem die Hand und verließ dann das Gemach, nicht ohne noch einmal zurückzuschauen und ihnen freundlich zuzunicken.

Mit reichen Geschenken für die nichts ahnende Braut wurden die Abgesandten in gnädigster Weise entlassen. Der kaiserliche Hofmarschall, der sah in welcher Gunst diese bei seinem Herrn standen, ordnete sogar an, dass ihnen eine Abteilung römischer Reiterei das Geleit bis zum Kastell Hofheim gab.

Es dunkelte schon, als sie nach scharfem Ritt zum alten Höheweg gelangten, der durch den dichten Forst hinauf zur Saalburg führte. Er wurde nur noch wenig benutzt, seit die neue Heerstraße von den römischen Soldaten erbaut worden war. Aber sie wählten ihn, weil er kürzer war, denn sie wollten möglichst schnell Raganos Herrensitz erreichen. Im Galopp sprengten sie, als sie die Höhe des Gebirges gewonnen hatten, an den Trümmern der Saalburg vorüber, die vom Mondlicht hell beschienen, von weitem sichtbar waren. Hier und dort schwirrte eine Schar Raben, vom Hufschlag der schnellen Rosse aufgescheucht, empor und verließ unter unwilligem, misstönendem Geschrei den Leichnam des römischen Kriegers, der im Waldesdickicht unbegraben und vergessen lag.

Bald waren die drei Reiter am jenseitigen Gebirgshang angelangt. Schon sah man den weißgestrichenen Giebel des Herrenhauses mit den zwei aus Holz geschnitzten Pferdeköpfen aus dem dunklen Laubdach der Bäume aufleuchten. Ragano und Falko gaben ihren Gäulen die Sporen und sprengten voran, während Gerwin etwas zurückblieb.

Gerlinde hatte, als ihr scharfes Ohr den fernen Hufschlag vernahm, das Haus verlassen und war zum Tor des Umfassungszauns geeilt. Es drängte sie zu erfahren, wie die Entscheidung des Vater lautete. Sie trat erschrocken zurück, als sie in Begleitung des Vaters Falko erblickte, den er zu ihrem künftigen Gatten bestimmt hatte. Nach kurzer Begrüßung sagte Gerlinde zu Ragano: „Ich hörte noch den Hufschlag eines dritten Rosses, soll ich auch für den dritten Reiter das Mahl bereiten?"

„Das dritte Ross," antwortete Falko, „bringt das Geschenk des Kaisers für dich."

Erstaunt blickte ihn Gerlinde an, da sprengte auch schon Gerwin heran, sprang mit Windeseile vom Pferd, warf den Zügel einem der Knechte zu, und die Arme ausbreitend, eilte er zum Mädchen hin und schloss die sanft errötende Jungfrau in seine Arme.

„Das Geschenk des Kaisers!" sprach Ragano.

Falko aber ritt, während die zwei, die Außenwelt nicht achtend, sich überglücklich erzählten, wie das alles gekommen war, heimlich von dannen zu seiner einsamen Behausung, in der er in Gedanken schon die blühende Jungfrau als seine Gemahlin hatte walten sehen. Es wurde ihm weich ums Herz, und eine Träne rann über seine braune Wange.

14. Kapitel - Friede überall!

Goldener Maiensonnenschein lag auf der Bergwiese des Schwarzwalds, die sanft ansteigend auf drei Seiten von Eichen- und Tannenwald umgeben war, während die vierte Seite zur Rheinebene von Ackerland begrenzt wurde, auf dem der Roggen hoch in den grünen Halmen stand. Hundert über hundert Blumen schmückten den bunten Wiesenteppich, meist Gänseblümchen mit ihrem reinen Weiß und der gelben Scheibe, und Hahnenfuß, den die Kühe als giftig meiden. Am Bächlein, welches durch das Grün in munteren Sprüngen über rundgeschliffene Steine dahinhüpft, blühen Vergissmeinnicht und Dotterblume, in breiten Streifen den Uferhang überwuchernd, und am Waldrand lacht aus dunklem Grün die wilde Rose, umschwärmt von summenden Bienen, die beutebeladen ihren Flug gen Norden richten zu den Strohkörben, die unter schützendem Dach dort oben hervorlugen, wo am hochgelegenen Rand der Wiese sich das stattliche Gehöft breitet.

Der einsame Wanderer, der eben um die Waldecke bog, machte einen Augenblick halt, als er ein niedriges, langgestrecktes Gebäude erblickte, dessen geweißte Wände aus dem Grün hervorlugten. Das Auge vor dem blendenden Sonnenstrahl mit der Hand schützend, schaute er hinüber, scharf das Einzelne musternd. Im Erdgeschoß waren zum Teil Wohnzimmer mit größeren Fenstern, zum Teil, wie er an den kleinen, durch Läden verschlossenen Luken sah, Vorratsräume; eben diesen Zweck hatte auch das hohe Dachgeschoß. Vor dem Gebäude her lief ein wohlgefügter Plankenzaun, der das Anwesen auch auf den anderen Seiten umgab.

Er wartete, bis ihn sein Begleiter, ein unfreier Germane, der zwei schwerbeladene Saumrosse führte, eingeholt hatte.

„Das Gut dort scheint einem wackeren Wirt zu gehören." rief er dem Knecht zu, der freudig zu ihm aufblickend antwortete „Nach der Weisung des Fremden, der unseren Weg kreuzte, kurz nachdem wir von der Römerstraße abgebogen waren, muss es das Heim Gerwins sein. Ein anderes Gehöft ist am Berghang nicht zu erkennen."

Mit weitausgreifenden Schritten, sich auf einem starken Wanderstock stützend, eilte der Wandersmann schneller vorwärts, während sein Gefährte mit den Packtieren langsamer folgte. Bald stand er an dem festen Plankentor, das durch einen schweren Querbalken von innen verschlossen war. Das laute Bellen zweier zottiger Hunde, die funkelnden Auges und zähnefletschend zur Pforte stürmten, rief den Verwalter des Anwesens herbei, der in dem langgestreckten Meiereigebäude wohnte, von dem aus man den Eingang und den ganzen Hof übersehen konnte. Er hatte gerade einigen Sklaven Hafer für die Rosse ausgeteilt, als er durch das Anschlagen der Rüden auf dem ankommenden Fremdling aufmerksam gemacht wurde. Mit kurzem Ruf trieb er die knurrenden Doggen zurück, die sich sichtlich unwillig in eine Ecke des Gehöfts zurückzogen, und öffnete, den Querbalken umlegend, das Tor.

„Ihr schützt Haus und Hof gut." begann der Ankömmling.

„Landstreichendes Volk und keltische Strolche verstehen offene Türen als Einladung!" erwiderte der Knecht, den Ankömmling musternd, „Du jedoch scheinst ein Sprössling edler Sippe zu sein. Willst du auf gastlicher Bank von der Wegfahrt rasten oder kommst du zu anderem Zweck in das Haus Gerwins?"

Ein Lächeln umspielte die Züge des Wanderers, als Gerwins Name an sein Ohr klang.

„Melde deinem Herrn, es sei Botschaft aus dem Taunusgebiet da!"

Der Oberknecht winkte einem Knecht, der vor dem Vorratshaus knorriges Holz spaltete, das Saumpferd in den Hof zu führen, während er selbst den Fremden zur Bank geleitete, die vor dem Haus schon so manchem Wandersmann Ruhe und Rast geboten hatte, und eilte dann dem Herrenhaus zu.

Der Alte hatte nun Muße, das Anwesen einer genauen Prüfung zu unterziehen. Mit Freude sah er den weiten Hof, der rechts und links von Stallungen begrenzt war. Mancherlei dienendes Volk war dort tätig. Die einen führten breitgestirnte Ochsen und Rinder zur hölzernen Tränke, in die sich aus einem von einer Linde beschatteten Brunnen kristallklares Gebirgswasser ergoss, andere waren damit beschäftigt, wohlgenährte Pferde in den schweren Lastkarren einzuspannen.

Gänse und Enten tummelten sich schnatternd auf dem kleinen Teich, der durch das abfließende Wasser des Brunnens stets neuen Zufluss erhielt. Mannigfaltiges anderes Geflügel belebte den Hof. Gelbfüßige Hennen führten ihre Küken zum Futter, weiße und schieferblaue Tauben pickten vor den Stalltüren nach Körnern.

Bald vernahm man vom Herrenhaus Stimmengewirr, und es dauerte nicht lange, bis Gerwins hohe Gestalt auf dem Hof erschien. Nur einen kurzen Blick warf er auf den Fremden, dann eilte er ihm mit freudestrahlenden Blicken entgegen und streckte ihm die markige Rechte zum Gruß hin: „Willkommen. Vater, Wodan sei dein Geleiter, und gute Botschaft mögest du unserem Haus bringen!"

Ragano erhob sich, erwiderte kräftig den Händedruck, und ging zusammen mit Gerwin in Richtung Herrenhaus. Vorher aber winkte Gerwin einen Knecht herbei und gab ihm leise einen Befehl. Dann nahm er seinem Gast den schweren Wanderstab und die Ledertasche ab und führte ihn über den Hof, indem er ihn im raschen Vorbeigehen auf die Bestimmung der verschiedenen Gebäude, die auf beiden Seiten desselben lagen, aufmerksam machte. Den Abschluss des Hofes bildete ein rot angestrichener Holzzaun. Durch ihn traten sie in den Obst- und Gemüsegarten ein, in dem Birn- und Äpfelbäume schon kleine Früchte angesetzt hatten. Im Weiterschreiten zeigte Gerwin dem Alten auch die Pfirsich- und Aprikosenbäume, die, als kleine Stämmchen sorgfältig verpackt, ein Händler aus Oberitalien mitgebracht hatte.

Bald standen sie vor dem Herrenhaus. Eine gedeckte Veranda, zu der rechts und links Treppen hinausführten, schloss die Südfront des Gebäudes ab. Von der Veranda aus führten Türen in die einzelnen Zimmer, die zum Teil mit unterirdischer Heizung versehen waren. In der Mitte der ganzen Anlage war ein kleiner Hof, der ein Pflaster aus bunten Steinen hatte. Um ihn lagen die anderen Räume, wie die Schlafzimmer und die Küche. Der ganze Bau war einstöckig und trug ein Dach aus roten Flach- und Hohlziegeln.

Kaum waren die beiden in eins der hinter der Veranda liegenden Zimmer eingetreten, da wurde der buntgestickte Vorhang einer Seitentür zurückgeschlagen, und herein kam ein etwa zweijähriger Knabe mit lachendem Kindergesicht getrippelt, und hinter ihm ging beschleunigten Schrittes eine hochgewachsene Frau von frischer Gesichtsfarbe. Das Haar, durch einen vergoldeten Bronzereif über der Stirn zusammengehalten, wallte in breiten Strähnen auf Schulter und Rücken hinab. Den Hals, den das schlichte linnene, bis zu den Füßen hinabreichende Gewand freiließ, schmückte eine Reihe von Eberzähnen, die an einer Schnur aufgereiht waren. Ein breiter Gürtel aus verzierten Bronzeplatten umschloss die Hüften.

Freudig überrascht erkannte sie in dem fremden Wandersmann den Vater. Sie eilte auf ihn zu und hielt ihm das einjährige Töchterchen hin, das sie auf dem Arm trug, dann küsste sie den Alten, der glückstrahlend die beiden Enkel auf seine Knie nahm.

„Freia," sprach er mit bebender Stimme, „hat euren Bund gesegnet. Gnädig walten die Himmlischen!"

Des Fragens und Antwortens war nun kein Ende. Der junge Hadrianus durfte unterdessen die Ledertasche des Großvaters öffnen, in der mancherlei Geschenke für ihn enthalten waren, die kleine Brunhilde aber blieb auf dem Schoß des Alten und spielte mit seinem Silberbart.

„Vor lauter Plaudern vergessen wir, dass nach langer Wanderung Trank und Speise und nicht frohes Wort die beste Stärkung ist." sprach Gerlinde und verließ die Halle, um bald darauf mit leckerem Imbiss zurückzukehren. Rötlichen Schinken von weißem Fett umrahmt, gelbliche Butter und derbes Schwarzbrot setzte sie auf den Tisch, dazu zwei Holzkannen schäumenden Bieres, das sie selbst gebraut hat.

Willig langten die Männer nach dem Gebotenen. Als sie Hunger und Durst gestillt hatten, berichtete Ragano über die Vorgänge der letzten Jahre.

„Als ich euch vor drei Jahren zum Ehebund zusammengab, da erfüllte lauter Jubel unseren ganzen Stamm. Der Friede mit den Römern war durch unsere Vermittlung geschlossen, und der Tag der Friedensfeier war zugleich euer Hochzeitstag. Als ihr euch entschieden hattet fortzugehen und ich eure Wagen hinter dem Wald an der Wegbiegung entschwinden sah, da wurde ich von Bangen erfüllt. Nicht euretwegen. Ihr seid glücklichen Tagen entgegen gegangen. Wohl aber meinetwegen. Werden die Römer auch halten, was sie versprochen haben? Wird nicht jedes Mal, wenn von ihnen ein Unrecht geschieht, ein Landesgenosse gegen mich auftreten und mir vorwerfen, dass ich vor allen zu einem neuen Anschluss an Rom geraten hatte?

„Die Besorgnis war unnötig. Ämilianus, der selbst ein Jahr lang dem neuen Statthalter Sentinus zur Seite stand, hat treulich gehalten, was uns versprochen wurde und Sentinus wandelt in seinen Fußstapfen. Zweimal jedes Jahr versammelt er die Ältesten des Stammes, um ihre Klagen und Wünsche entgegenzunehmen. Die römischen Beamten, die Zölle und Steuern erheben, werden scharf beobachtet, und keiner wagt, seine amtliche Stellung zu seinem Sondervorteil auszubeuten. Hunderte unserer kampffähigen Jünglinge nehmen wieder römische Kriegsdienste und erwerben sich unter dem Legionsadler in der Ferne Sold und Ehre. Handel und Verkehr blühen wie nie zuvor.

„Gern hätte ich unter diesen Verhältnissen das Ehrenamt des Landesältesten noch weiter bekleidet, aber ich muss dem Alter meinen Zoll zahlen. Der Leib und die Glieder sind nicht mehr jugendfrisch, die Hand, die früher kräftig den Speer geführt hat, muss jetzt zitternd den Stab des Alters fassen. Und als nun wieder zur Frühlingsfeier der Rat der Männer tagte, da bat ich sie, sich ein anderes Haupt zu wählen. Wohl widerstrebten sie, doch da ich mich standhaft weigerte, von meinem Entschluss abzustehen, lenkten sie ihre Stimmen auf Falko, den sie jubelnd auf den Schild hoben. So konnte ich denn ruhig scheiden, um endlich einmal nach den Meinen zu sehen. Da bin ich nun!"

„Und bleibst auch, so hoffen wir." fügte Gerwin hinzu, indem er ihm herzlich die Hand drückte.

Und er blieb. Er dachte oft, wenn er allein unter der alten Linde am Weiher saß, an die Genossen im Taunusland und Wehmut beschlich leise sein Herz. Wenn er aber dann in die freudestrahlenden Augen seines Enkels sah, den der Großvater im Gebrauch von Bogen und Pfeilen unterwies, die er ihm selbst geschnitzt hatte, wenn er das stille Glück wahrnahm, das über der Ehe seiner Tochter und Gerwins ruhte, dann dankte er im Herzen dem Allvater für alles.

Vor Jahren hat man in dem Tal, das durch zwei der nördlichen Ausläufer des Schwarzwalds gebildet wird, inmitten schier undurchdringlichen Gehölzes einen mächtigen Grabhügel geöffnet. Es fanden sich die Schildbeschläge, eine bronzene Lanzenspitze und ein eisernes Langschwert. Hier hatte Gerwin den alten Ragano zur ewigen Ruhe gebettet, als er klaren Geistes, wenn auch geschwächt am Körper, achtzigjährig gestorben war.

Gerwin aber sah seine Kinder heranblühen und lebte noch lange auf dem Schwarzwaldgut, das ihm die Gunst des Kaisers geschenkt hatte.

- Ende -

Weitere Bücher der FUNCRAFT Reihe:

Titel	Alter	ISBN
Funcraft - Das beste inoffizielle Mathe Ausmalbuch für Minecraft Fans (6-10 Jahre)	6-10	9783743196919
Funcraft - Das inoffizielle Mathe Ausmalbuch: Minecraft Minis (Cover Hase)	6-10	9783734781452
Funcraft - Das inoffizielle Mathe Ausmalbuch: Minecraft Minis (Cover Zombie)	6-10	9783743163744
Funcraft - Das inoffizielle Mathe Ausmalbuch: Minecraft Minis (Cover Dragon)	6-10	9783743182417
Funcraft - Das inoffizielle Mathe Ausmalbuch: Superhelden im Minecraft Skin (Cover Batman)	6-10	9783743192904
Funcraft - Das inoffizielle Mathe Ausmalbuch: Superhelden im Minecraft Skin (Cover Superman)	6-10	9783743192836
Funcraft - Das inoffizielle Witzebuch für Minecraft Fans	8-14	9783743192539
Funcraft - Noch mehr inoffizielle Witze für Minecraft Fans	8-14	9783743192607
Funcraft - Die besten inoffiziellen Witze für Minecraft Fans	8-14	9783743193192
Funcraft - Die lustigsten inoffiziellen Witze für Minecraft Fans	8-14	9783743195240
Funcraft - Das inoffizielle Rätselbuch für Minecraft Fans	8-14	9783743195387
Funcraft - Noch mehr inoffizielle Rätsel für Minecraft Fans	8-14	9783743195400
Funcraft - Das inoffizielle Offline Spielebuch für Minecraft Fans	8-14	9783743195424
Funcraft - Das inoffizielle Quizbuch für Minecraft Fans	8-14	9783741291203
Funcraft - Noch mehr inoffizielle Quizfragen für Minecraft Fans	8-14	9783739235592
Funcraft - Das inoffizielle Rekordebuch für Minecraft Fans	8-14	9783743165502
Funcraft - Das inoffizielle Hausaufgabenbuch für Minecraft Fans	8-14	9783743177666
Funcraft - Aufstand in Germanien (Ein Minecraft inspirierter Roman)	12-99	9783743196858
Funcraft - Eiszeitjäger: Auf der Fährte des Löwen (Ein Minecraft inspirierter Roman)	12-99	9783743196865
Funcraft - Das beste inoffizielle Notizbuch (liniert) für Minecraft Fans	6-99	9783743196872
Funcraft - Das inoffizielle Notizbuch (kariert) für Minecraft Fans	6-99	9783743196889
Funcraft - Frohes Neues Jahr an alle Minecraft Fans! (inoffizielles Notizbuch) - Das	6-99	9783743196896
Funcraft - Fröhliche Weihnachten an alle Minecraft Fans! (Inoffizielles Notizbuch)	6-99	9783743196902
Passwort Logbuch für Minecraft Fans	6-99	9783743163928
Pokefun - Das inoffizielle Witzebuch für Pokemon GO Fans	6-99	9783743109780
Pokefun - Das inoffizielle Quizbuch für Pokemon GO Fans	6-99	9783743109827
Pokefun - Das inoffizielle Notizbuch (Team Rot) für Pokemon GO Fans	6-99	9783743109841
Pokefun - Das inoffizielle Notizbuch (Team Gelb) für Pokemon GO Fans	6-99	9783743109858
Pokefun - Das inoffizielle Notizbuch (Team Blau) für Pokemon GO Fans	6-99	9783743109865
Pokefun - Das absolut inoffizielle Notizbuch für Pokemon GO Fans	6-99	9783743109834
Weltbester Radfahrer - Notizbuch	6-99	9783738610161
Weltbester Inline Skater - Notizbuch	6-99	9783738610178
Weltbester Skifahrer - Notizbuch	6-99	9783738610185
Weltbester Snowboarder - Notizbuch	6-99	9783738610192
Weltbester Sportler - Notizbuch	6-99	9783738610208
Weltbester Surfer - Notizbuch	6-99	9783738610215
Weltbester Taucher - Notizbuch	6-99	9783738610222
Weltbester Tennisspieler - Notizbuch	6-99	9783738610239
Weltbester Volleyballer - Notizbuch	6-99	9783738610246
Weltbester Wassersportler - Notizbuch	6-99	9783738610253

Von Theo von Taane gibt es weit mehr als 200 Witzebücher, Notizbücher, Romane, Spiele, Tools, Sportbücher und Kalender. Im Store einfach mal nach „Theo Taane" suchen.
Viel Spaß!